「私たちの領土で
昔から食べている
『おにぎり』という食べ物よ。
一つ食べる？」

ゼポット
ジョセフ
ラッシュ
ベルン
ソフィア

マティス
メリンダ

テルミス
マリウス

「ナオミさん！
それなんですか⁉
なんという名前で、
どこで売っているか
教えてくれませんか⁉」

ライブラリアン
本が読めるだけのスキルは無能ですか!?
3
南の月 ill. HIROKAZU

MUNO DESUKA?

CHARACTERS

THERMIS

テルミス

本作の主人公。
6歳で前世の記憶を取り戻し、
後悔しないように生きることを決意。
本が読めるだけの不遇スキル
〈ライブラリアン〉の持ち主。

MATIS

マティス

テルミスの母。
テルミスの将来を心配し、
自ら娘の商売の補佐を
一手に引き受ける行動派な一面も。

BERN

ベルン

ドレイト男爵領領主。テルミスの父。
テルミスに現実を教え、テルミス自身により
良い将来を考えさせる人格者。

MARIUS

マリウス

ドレイト領次期領主。
テルミスの兄。
真面目で何でもできる優秀な兄だが、
妹のためにもっと
力をつけたいと思っている。

MELINDA

メリンダ

ドレイト家で働くテルミスの侍女。
テルミスの幸せを願い、
厳しくも優しいアドバイスをするしっかり者。

LIBRARIAN3 HON GA YOMERUDAKE NO SKILL WA

IRENE

✴ アイリーン

メンティア侯爵家の令嬢。
トリフォニア王国の
王子に国外追放され、
テルミスと共に
クラティエ帝国に逃れる。

EVELYN

✴ イヴリン

エルフの凄腕の冒険者。
100歳は優に超えており
年齢不詳。
探しものを見つけるために
旅を続けている。

NAOMI

✴ ナオミ

海の民と呼ばれる
シャンギーラ人。
テルミスの親友になる。

STORY

二度目の人生を後悔なく生きると決意したテルミスは、
両親や使用人の力を借りて充実した日々を送る。
しかし、スキル狩りに狙われ、
護衛のイヴリン、国外追放された
アイリーンと共にクラティエ帝国へ逃げることに。
魔物に襲われるハプニングがありながらも、
クラティエ帝国にたどり着いたテルミスは、
新たな人生を歩むべくナリス学園に通い始めるのであった。

✴ アルフレッド ALFRED

マリウスの親友で
領内一の強さを誇る。
テルミスを幼い時から
知っているため妹のよう
に可愛がっている。

✴ サリー SALLY

テルミスの
料理開発に携わる
専属のパティシエ。

✴ ルカ LUCA

テルミスの靴を作る
専属の靴職人。

✴ ネイト NATE

テルミスの友人。
テルミスを守るため
専属護衛になる。

CONTENTS

第一章✴落ちこぼれCクラスの天才

ナリス学園中等部の最初の授業は、初級魔法学だった。

「私が初級魔法を担当しますジェンナ・ウィスコットです。この中でスキル鑑定を受けていない人はいますか？　皆受けていますね。では魔法を先生について習ったことのある人は？　はい、結構」

最初の質問では誰の手も上がらず、二つ目の質問では私を含め、クラスの四分の一の生徒の手が上がらなかった。

Cクラスでもこんなにも多くの生徒が入学前に魔法を習っているのかと驚く。

「この授業の目的は、魔力コントロールの精度を高めること。習ったことのない人は難しいかもしれませんが、魔法を使うのに必須の技能ですし、コントロールが良ければそれだけ精密な魔法を使うことができます。ある程度形になってきたら、生活魔法を教えます。生活魔法はスキル関係なく、努力によってできる魔法ですからね。頑張って習得してください」

生活魔法？　初めて聞く魔法に首をかしげる。スキル鑑定で使えるようになる魔法はそれぞれ違う。私なら本を読むだけだし、スキルが火であれば火魔法しか使えない。

けれど、生活魔法は努力次第で誰でも使えるようになるという。どういう魔法なんだろう。

その後まずは腕試しと配られたのは、小さな水色の紙。紙には何も書かれていない。

「今配りましたのは、浮遊紙《ふゆうし》です。魔力を込めれば誰でも使えるものです。今後の授業でも使いますから、紙に名前を書いて授業のたびに持ってきてくださいね。さぁ、名前を書き終わったら掌の上に紙を置いて、ほんの少しだけ魔力を込めてみて」

掌に紙を置き、魔力を込める。

「わっ！」

いきなり紙が目の高さまで上がってきた。

周囲を見回すと高さはまちまちながら、みんな同じように紙を浮かせていた。

「皆浮きましたか？　よろしい。では掌の上で上下に動かしてみてください。自分の魔力を上に向かって上げたり、下げたりするのです。掌の少し温かな感触を感じますか？　いいですね。ジョン、上手です。アビーはもう少し自信を持って！　ふらふらしているわ。テルーもお上手よ」

ウィスコット先生は、並んだ机の間を通りながら、一人一人の出来をチェックしている。

「はい。では今から呼ぶ人はそのまま上下の練習をして。その他の人はこの的まで飛ばしてみて」

5人ほど名前が呼ばれ、その他の生徒は紙を先生が張り出した的へ飛ばす。

途中で落ちる人、別の方向へ行ってしまう人、近くの人にぶつかってしまう人、的から少し外れた人もいたが、7人の生徒が的まで飛ばすことができた。私もできた。

意外と難しくない。これは6歳からずっと魔力コントロールの練習をしていた成果だろうか？

独学だったけれど努力が実を結んでいるようで嬉しい。

「7人ですか。Cクラスにしては多いですね。ではできた7人は浮遊紙を持って前に来て。できなかった人は的当ての練習を続けて。あ、疲れた人はすぐ休みなさい。魔力を消耗しすぎると倒れますからね！　7人はこのジグザグのコースを通って私のところまで浮遊紙を飛ばしてください。途中のコーンに当ててはいけませんよ」

ジグザグコースは難しいらしい。4人終わったが、まだ誰もできない。

私はできるかな？　できそうな気はするのだけど……。

5人目は第一コーンを回り、第二コーンを回ろうとしたところでコーンに当たってしまった。

6人目は第一コーンを回っているところで落ちてしまった。

そして私の番になる。

掌に紙を置き、魔力を込める。10センチほど上がったところで前に進ませる。

右に回って第一コーン、そのまま進んで左に曲がり第二コーン、第三、第四と進んで、先生の掌に着地させることができた。

「よくできましたね！　テルー。例年Bクラスでもできるのは5人程度なのですよ。この調子で頑張れば、次の試験でクラスアップも可能でしょう」

やった！　できた！

ナリス語に不安があるから筆記は自信がないけれど、実技はなんとかなりそうだ。

入試にも実技があったらよかったのに。

「平民の#○×……」

何か聞こえた気がして振り向くと、クラス中の目が私に向いていた。

何人かは睨んでいる気がする。ちょっと……怖い。

浮遊紙を使った腕試しを終えるとウィスコット先生は飴玉を配った。

魔力は生命エネルギーのようなもの。枯渇すれば倒れ、死に至ることもある。

この減ってしまった魔力を取り戻すのに必要なのは、睡眠と栄養。ポーションほどは回復しないが、副作用のない一番安全な方法だ。授業では魔力を使うので、今後は飴玉のようにすぐに口にできる食べ物を用意するようにとのことだった。

ウィスコット先生が魔力回復のために配った飴玉を舐めながら、私はメリンダが淹れてくれた甘いチャイを思い出した。私が魔力を使いすぎるたびに、甘いチャイを淹れてくれたのよね。

メリンダ……元気かな。

「この一年で魔力コントロールを学ぶ訳ですが、コントロールというのは、先ほどのように自在に動かせるということだけを指すのではありません。自分の魔力量を知り、自分がどれくらいの魔法を使えばどれくらいの魔力を消費するのかを知ることでもあります。そして飴玉1個でどれだけ回復するのか、回復にどれくらい時間がかかるのか……もです」

浮遊紙を自在に動かすようなコントロールの練習は、ドレイト領でもやってきた。

でも、自分の魔力量がどれくらいなのか、どれくらい食べれば回復するかなんて考えたことがなかった。だから、いつも限界まで使ってしまうのかもしれない。

ウィスコット先生によると同じ魔法を使ったとしても人によって飴玉1個ですむ人もいれば、しっかりフルコースを食べなければ回復しきれない人もいるらしい。だから、自分の魔力を知り、使いこなすことが大事なのだそうだ。

最後にウィスコット先生が次回までの宿題をだして授業が終わる。

次は社会学。一番覚えることが多い教科だ。つまり、出てくる単語の数も多い。どうかわからない単語が出ませんようにと祈りながら、次の授業が始まるまでに知らない単語があれば覚えようとライブラリアンで出した辞書を片手にナリス語の本をめくる。

この単語は……あった。〈鉄鉱石〉だ。訳をメモしとこう。これは、えーっと……。

ふと目の前が暗くなる。不思議に思い、顔を上げるとデニスさんがいた。

「嘘をついたな。お前、魔法を習っていただろ。師は誰だ?」

「いえ、だ、誰かに習ったことはありません。本を読んで自分なりに練習していただけです」

私の答えを聞いて、デニスさんが舌打ちをする。

「あまりいい気になるなよ！　貧乏平民のくせに！」

デニスさんはそれだけ吐き捨てて帰って行った。

デニスさんは私と同じ平民の子だが、何故か私にだけ風当たりが強い。入学式の後だって歩いて帰ろうとした私を見て、「馬車もないくらい貧乏なら、やめた方が身のためだぞ。Cクラスじゃとびぬけて才能があるわけでもないだろうしな！」と言ってきたのだ。

特に何もしてないはずだけど、彼には完全に嫌われている。

「気にしなくていいわよ。貴女《あなた》は魔法の才があって、あちらはなかっただけの話。こんなことを言うのは貴女に失礼かもしれないけれど、こんな小さな子に八つ当たりして恥ずかしくないのかしら？　貴女、さすがに12歳じゃないでしょ？」

隣からまさかのフォローが来た。

「ありがとうございます。話しかけてくれて嬉しかったです。私はテルー。歳は9歳です。よろしくお願いします」

隣の席のナオミさんは、私の年齢に驚きながらも「これからよろしく」と笑ってくれた。


あっという間に休み時間が終わり、社会学の授業が始まる。

これから1時間半は、ずっとナリス語を聞き、読み、書き続ける時間だ。

日常会話はスラスラできるし、読み書きもできるけど、それでもやっぱりまだ母国語と同じように扱える訳ではない。疲れそうだなとげんなりしたところで先生が入ってきた。

「みんな揃っているかー。俺はダン・オルトヴェイン。社会学教師だ。社会学ってのは、歴史も地理も、民族も、その土地の風習も、政治体制も、法律も。俺たちの暮らしに関わるありとあらゆることを学ぶ学問だ。だが、この授業で何年に何々戦争が勃発したとか、どこの地域でどんな習慣があるかなどの知識を教えるつもりはない。何が起こったかなんて、自分で調べたらわかること。調べりゃわかることを教えるなんて無駄だからな」

オルトヴェイン先生は、入ってくるなり教壇に紙の束をばさりと置き、話し出す。

砕けた口調ながら「無駄」とバッサリ言い切る様子に、背筋がひやりとした。

「授業では、その知識一つをどう読みとくかを問う。つまり知識を得ること――本読んで、要点を覚えることを勉強と思わないこった。むしろ知識があって初めてスタート地点に立てると思え」

オルトヴェイン先生はそのまま入試について話し出す。入試はクラティエ帝国の歴史や地理、法律など帝国内の知識を問う問題だった。それはオルトヴェイン先生曰くスタート地点に立てているかどうかを見ているらしい。

それでCクラスというのは、ギリギリスタート地点に間に合ったというところ。

今後授業では、入試で出た帝国内の事柄だけでなく、他国の事象も扱うそうだ。比較対象がなければ一方的な自己満足の答えにしか辿り着けないから。

「自力で必死に知識を身につけろ。その上で俺の授業についてこい。わかったな！」と言って、社会学の説明を締めくくるオルトヴェイン先生。先ほど背筋が凍ったのは、無意識に感じていたオルトヴェイン先生の容赦なさに恐怖していたからだと気づく。

日常会話以上のナリス語はまだ不安しかないというのに、一番ナリス語を使いそうな社会学の先生が一番厳しいようだ。

「それじゃ今日は初日だし、まずは復習がてらもう一回入試問題を解くか。社会学の範囲だけだし、一度解いた問題だから30分で問題ないよな？　君、これ配って。はい、はじめ！」

カリカリカリカリ……。みんながペンを走らせる音だけが響く。

よかった。試験でわからなかった単語を復習しておいて。

何度も何度も覚えるまで単語を叩き込んだから大丈夫なはずだ。

「はい、やめ！　全員前に提出して。俺が採点している間の問題はこれだ。これは80年前と60年前の餓死者数だ。まぁ見ての通り大幅に改善しているな。これが何故だか考えてみろ。もちろん君らはまだまだ知識が足りねぇだろうから、想像で補わなきゃなんねぇ部分もあるだろうけど、自分なりに根拠をつけて答えろよ。ん？　難しいか？　じゃあヒントだ。これは、同期間で我が国が調査できるようになった島国の名前だ。さぁ、考えろー！」

試験問題を解いたばかりだというのに、一分一秒も無駄にしないよう即座に次の問題を出すオルトヴェイン先生にぎょっとする。やっぱりこの先生は容赦がない。

そんなことを考えていたら「簡単だな」とクラスで一番目立っているジェイムス様の声が聞こえた。彼は顔も整い、身分も伯爵令息とCクラスでは一番高位ということで、まだ二日目だがクラスで最大派閥を率いている。

「え？　もうわかったのか？」

「ふんっ。問題にヒントを照らし合わせれば自然とわかるさ」

「さすがジェイムス様～！　すご～い！」

そんな取り巻きの声も続く。私も心の中では彼らと同じく驚いた。

え？　ジェイムス様もうわかったの？　すごい。私も頑張らないと。

確かに餓死者が減っている。この数なら誤差ってことはないだろう。

この20年のうちに何があった？

脳をフル回転させて考える。

確かセイムス領、もとい元セイムス国がクラティエ帝国に併合されたのはこの時期。あと、ナリス学園初等部が開校になったし、通貨がドーラに統一された。セイムス領の特産は薬草だが、今回は病気じゃなく餓死ということであまり関係なさそうだ。他の二つはなおさら……。

ヒントである島々についても思い起こすが、そのうちの一つのラーナ島がとても遠くにある島だということしか思い出せない。

何もない岩ばかりの島で、その周辺の海流が複雑でなかなか近づけない……とかだったはず。

そんな島を調査したところで餓死者は減らないし、島と餓死者にどんな関係が？　と考えたところで無情にもオルトヴェイン先生の採点が終わった。

全くわからなかった……。難しすぎる、社会学。

クラス全体の試験結果があまりよくなかったようで、オルトヴェイン先生は「一夜漬けするな」と苦言を呈し、餓死者の問題を簡単だと言っていたジェイムス様を当てた。

「はい！　調査した島で食料を生産し始めた結果食料自給率が上がり、餓死者が減ったんです」

ジェイムス様が自信満々に答える。

「なるほど。簡単ねぇ。ちなみにそう思った根拠はあるのか？」

「調査した島と餓死者。この二つの単語をつなぎ合わせればわかることです！」

「なるほど。つまり根拠はない訳だな。ちょっと短絡的すぎるな。他にわかるやついるか？　いないか。じゃあさっきのテストで満点だったテルーに聞いてみよう。テルーどこにいる？」

満点に喜ぶよりも当てられたことにドキリとする。

「は、はいっ！　私です」

オルトヴェイン先生は目を見開き、ジェイムス様はぎろりと私を睨んだ。

「君がテルーか。君は入試後もちゃんと復習したな。その努力は褒めよう。だが、活用できてないようじゃ意味ないぞ。君はどう考えた？」

「あ、あのわかりません……でした」

「あぁ。わかってないのはわかっている。結論に辿り着いてなくていいから、考えたことを発表して」

そう言われて、考えたことを順に話す。まず餓死者が大幅に減った20年間に起きた出来事を思い出したこと。死者の減少ということで薬草が特産のセイムス国が関係ありそうだと思ったものの餓死との関係性で行き詰まったこと。島については所在地がほとんどわからず、唯一所在地が分かるラーナ島は遠くの小島ということで全く関連性が分からなかったこと。

「併合」などのナリス語が分からず、言葉に詰まりながらの発表だった。

つまり、「わかりません」ということを、もごもごと「あー」とか「えー」とか言いながら長々と説明したのだ。恥ずかしい。

だが、そんなしどろもどろした私の発表を聞いたオルトヴェイン先生は「まぁまぁ」と評した。

だからオルトヴェイン先生の「まぁまぁ」は普通の先生の「大変結構」だと思って、心を慰めることにする。

初級魔法学と同様、オルトヴェイン先生も最後に宿題を出した。

宿題の内容は、授業で出された餓死者の問題を自分なりにありとあらゆる方法を使って調べ、どういう影響で餓死者が減ったのかレポートにまとめることだ。期限は次の授業まで。

そして次の授業は明日。オルトヴェイン先生はやっぱり容赦がない！

午前中にあったのは初級魔法学に社会学。たった2科目なのに疲労がすごい。体を引きずるようにして食堂へ向かう。

研究所が学園の敷地内にあるからか、学園の敷地は広い。そして学生も研究員も使うため食堂や図書室は中央にある。そして、1学年でさらに落ちこぼれCクラスの教室はというと一番東端。

食堂が……遠い。食堂に向かう人の波についていきながら、ひたすら中央に向かって歩き、やっと食堂に着いた。学生も研究員も使うとあって、すごい広さだ。

だが一番驚いたのは値段だ。一番安い本日のランチでも平民の奮発ランチよりも高い。学生も研究員も貴族ばかりだからこれくらいが普通なのだろうか。

明日からは学園に来る前にパンでも買っていこうと決め、本日のランチを頼む。

本日のランチは、白いふわふわのパンにビーフシチュー、ハムの載ったサラダに、クッキーも添えてあった。

確かに高いだけあって美味しい。こんなふわふわのパンは平民街のパン屋では買えないから。

「ここ、隣いいか？」

声をかけられ振り向くと、私の戦友ジュードさんがいた。

こんなに人がいるのによく私に気づいたなと思ったら、一人子供の姿だから私はたいそう目立つのだそうだ。やっぱり明日から食堂は避けようと思う。

ジュードさんと出会ったのは、ナリス学園初等部。

クラティエ帝国の帝都ナリスには二つの学校がある。一つは今私が通っているナリス学園中等部。そして、もう一つがナリス学園初等部だ。

初等部では、ナリス語の読み書き、簡単な算術が学べる。それも中等部とは違い、1教科からかなり低額で年齢、性別、身分関係なく誰でも受講できる。そのため受講生のほとんどは平民だ。

クラティエ帝国は、強大な軍事力、経済力を以《もっ》て領土を広げてきた歴史があり、それ故にトリフォニア王国とは違い、複数の民族が住む多民族国家。当然民族間で使われる言語も風習も違う。

一番母体が大きいのは、クラティエ帝国の前身ナリス王国の民なので、公用語もナリス語で、帝都も元々ナリス王国の王都があった場所。クラティエ帝国の公的な祝祭日や風習もナリスのものを踏襲している。

おそらくこの初等部は、多民族を一つにまとめるためのものなのだと思う。現に初等部に通うのは、子供より大人の方が多いくらいだ。授業は一日に複数回同じ授業をやっているので、仕事をしながらでも都合をつけやすくなっている。

そんな初等部に、ジュードさんは算術が苦手で、私はナリス語習得のため通っていた。

初等部はすでに仕事についている平民の大人が多いので、授業の後まで居残って勉強しているのは私とジュードさんくらいで、次第に他愛《たわい》無い話をするようになり、私たちは互いに教え合うようになった。ジュードさんは仕事がかかっているからと必死だったし、私もクラティエ帝国での暮らしに関わるので必死だった。つまりジュードさんとは戦友だ……と私は勝手に思っている。

ジュードさんは今、知り合いのコネで研究助手という名の雑用係をしているのだそうだ。

そもそも初等部に通っていたのも、さすがに算術ができないと雇えないと言われたからだとか。

私は来年無事昇級できたら、魔法科に進みたいと思っているから、研究助手の話は興味がわいた。

中等部は1学年こそみんな同じ授業を受講するが、2学年からは学科選択制なのだ。

貴族科、魔法科、騎士科の三つから選べるが、今の私は貴族ではないし、運動の才は全くないので、迷うことなく魔法科だ。

魔法科の生徒は、授業時間外に同じ敷地内にある研究所の研究助手になることもできる。だがそのためには研究室が定める試験の通過が必要で、研究助手になれるのはほんの一握りだそうだ。

魔法の研究……すごく気になる。


その後ジュードさんと別れ、体術のクラスへ。

体術の授業は、初回ということもあり体力測定だった。

どれだけ速く走れるか、どれだけ長く走れるか、どれだけ高くジャンプができるか、何回腹筋ができるか、どれだけ重いものを持ち上げられるかなどなど……。

言うまでもないことだけど、私が一番できなかった。

100メートル走ではゴール手前で転び、ランニングは1キロメートルくらいでギブアップ。

腹筋は結構頑張って30回。上出来だと思ったが、１００回未満は5人しかいなかった。50回未満なんて二人しかいなかった。貴族って……思ったより運動能力が高い。

先生からは完全に落ちこぼれの烙印を押された気がする。

９歳だもの、仕方ない。みんなと3歳も違うし、体格だって全然違うんだから、仕方ないわ！と心の中で擁護するけど、多分９歳の平均も超えてないんだろうな……。

唯一の救いは、体術の授業に試験がないこと。これで試験があったら、私は確実に落第だ。

1時間半動き回り、ヘロヘロになって教室に戻ってくる。

もう授業はない。早く帰りたいけれど、帰れない。地獄の社会学の宿題があるからだ。

取りあえずライブラリアンでクラティエ帝国の地図を出し、わからなかった島の所在地を調べる。

どこもラーナ島と同じく大陸から遠い小島だ。船で行くなら1週間はかかるのではないだろうか？

以前読んだ船乗りの航海日誌に、ここよりずっと近い島に三日かけて到着したとあったから、その島より倍の距離があるラーナ島は、単純計算で六日かかるはずだ。

クラティエ帝国に入ってから私のスキルで読める本はどんどん増えている。何故かはわからないが、読み切れないほど。

船乗りの日誌を思い出したことで、餓死者と船乗りの共通点にも気がついた。両者ともに食料が十分にない。だからといって、セイムス領の特産は小麦や畜産ではなく薬草だから、セイムス領だけで食料不足が改善するほど生産できるかは疑問だが。

いや待って。薬草……あの薬草ならもしかして……。

私は仮説が合っているか確かめるために資料室に急いだ。

✦

俺は今、先程提出されたばかりの宿題をチェックしている。宿題が大量で生徒は大変だと言うが、それを見る教師はその数倍大変だ。社会学の最初の宿題は、実は正しい答えを求めていない。生徒に与えた二つの要素から何を調査するのか、どう考えるのか、またそれを論理的に説明できるか見るためだ。だからその宿題の答えが間違っていたとしても評価が下がるということはない。

「あー1Aクラスも半数がダメか～。こりゃ今年は大変だな」

もう一度言うが、答えが合っていなくてもいいのだ。

調査し、考え、仮説を立て、また調査し……そういうことを繰り返して得た事実をもとにどんな結末に導くかを見ている。まぁ、生徒に教えてはいないが。するとどうなるか。

「20年で餓死者が減った要因は何か?」という問いに対して「聖魔法使いが増えたから」「食料生産が増えたから」のように簡潔すぎるほど簡潔に一問一答のように書いてくる生徒が多いのだ。

それではどのデータからどう読み取ったのかわからないし、何よりレポートとは呼べない。

こういう奴は、卒業して仕事をし始めてもあんまりパッとしない。

目についた物事の表面だけで全てを理解し、わかった気でいるからだ。まぁそれも入学前までは、家庭教師に習ったことを必死に詰め込むばかりの勉強をしてきたのだからしょうがない。

知識を詰め込むのと、知っている知識を使うのは、頭の使い方が違うからな。

だから生徒たちには、この3年間でみっちり頭を使ってもらう予定だ。

大変だが、ついてこられた生徒は漏れなく仕事においても有能さを発揮している。

逆に入試ではいい点を取っていたのに俺の授業についてこられなかった奴は、言われたことしかできず、ある程度までは出世するんだが、いつまでも二流だ。

だから生徒たちには頑張ってほしい。俺の授業は厳しく大変だが、損はさせないからな。

「はぁ。明日はレポートの書き方からだな。ん？　これは？」

Aクラス以降簡素なレポートもどきが続く中、びっちり書かれたレポートが目に入った。

「Cクラスのテルーか……」

色んな意味でびっくりしたからよく覚えている。

例年授業初日に再度入試問題を解かせるが、大概Cクラスの生徒は一夜漬けで覚えて入試の後はすっかり忘れてしまうから、悲惨な結果に終わる。

だが今年はその中で満点を取った奴がいた。それがテルーだ。びっくりした。

2回目とはいえ、満点が取れるならせめてBクラスに入っている実力はあるはずだ。

なぜCクラスにいる？

そしてどんな奴かと呼んでみればちっこい子供。しかも餓死者の問題を解かせてみれば、なかなかいい線をいっていた。

な。色んな意味でびっくりだろ？　さて、レポートの書き方はどうかな？

【テーマ：６２６年〜６４６年の餓死者の減少について】

１年Ｃクラス　テルー

このレポートは、６２６年から６４６年の20年間で餓死者が大幅に減少している原因を考察するものである。

６２６年クラティエ帝国の人口はおよそ１８３万人、それに対し餓死者はおよそ16万人。これはその年の人口の約８．７パーセントに当たる。

６４６年には人口３１２万人に増えるが、餓死者は15万人に減っている。人口比になおすと、約４．８パーセント。20年で３．９パーセントも餓死者が減ったことになる。（※１）

ちなみに６３６年の調査では人口１７８万人に対して餓死者17万人で、人口比約９．５パーセントと増えていることから、餓死者が減少した原因は６３６年〜６４６年の10年のうちの現象であるとわかる。

この年代は10年に１度しか人口調査がなされないため、６３６年以降の人口増加、餓死者減少のズイイを測ることはできないが、人口増加に関しては６３８年のセイムス国（当時人口１３０万人※１）のペイ合が理由と考えられる。

次に肉、魚、野菜、小麦などの食料流通量のズイイを見てみると、セイムス国のペイ合を境に増えていることがわかる。しかしその増加率は人口増加を補いあまるものではなく、よって餓死者の

減少が食料生産増加によるものではないと考えられる。（※2）
セイムス国とのペイ合で増えたのは、人口だけではない。
クラティエ帝国内ではセイムス国で生産されている各種薬草、香辛料が安く調達できるようになった。特に流通量が上がり、流通価格が下がったのは、傷薬などに使うヤローナ草、香辛料のピミエンタであった。（※2）
ヤローナ草はポーションの材料にもなり、セイムス国がセイムス領となった翌年よりクラティエ帝国内のポーションの取扱量も増えている。（※2）
ピミエンタは今ではすっかり家庭料理にも使われる定番の食材となったが、当時のクラティエ帝国では生産されておらず、セイムス領になっても数年は価格も高いままで流通していなかった。
そのためピミエンタの価値は高まり「黒の宝石」と呼ばれ貴族や一部の裕福な家庭で楽しめるシコミ品という位置づけであった。（※3）
高値で売れるピミエンタの取引量が増えたためか、セイムス国でのざくづけ面積も６４０年には倍に増えている。６４２年には、セイムス領外でもピミエンタの栽培が始まり、流通量が増えるにつれ、ピミエンタの流通価格は下がり、富裕層のシコミ品ではなく、庶民の食卓に上がるようになった。（※3）
当時のピミエンタの使用法は、擂り鉢で細かくしたピミエンタを直接肉や魚に擦り込むというもので、香りづけの他、匂い消し、さらにボーフウ効果もあったという。（※4）
その調理法は、庶民に広がると船乗りの間でもされるようになった。６４２年シエル島に調査に行った調査船トリトナ号の出港準備品にもピミエンタとオイルに漬けた肉が含まれている。

同船長の航海日誌によると、シエル島到着後もしばらく持って行った肉を美味しく食べることができたという。（※5）

家庭で食べきることができなかったり、売り切れなかったりした肉は、腐り廃棄されるのみだったが、ピミエンタの普及により消費できる期間が長くなり、腐り廃棄される肉が減り、食べられる肉が増えた。

そのため、船乗りはより長期間海へ出ることができ、餓死者も減ったのだと考える。

〈参考資料〉
※1クラティィエ帝国社会調査（626年度版、636年度版、646年度版）
※2クラティィエ商業ギルド　主要生産物取引データ（食品部門、薬草部門）
※3『魅惑の黒の宝石　ピミエンタ』マリエラ・ベスティ
※4『植物大全』ゴラム・ロイド
※5『秘境シエル島調査〜トリトナ号航海日誌』エリック

ふむ。データをよく探している。

数字のうわべを見るだけではなく、ちゃんと割合を割り出したうえでの比較も良い。

ちゃんと参考資料の出典も示しているし。本もよくこんなものを見つけたな……。

この航海日誌は俺も読みたい。あとで図書室に行こう。

ちょっと荒々しいが、ピミエンタにたどり着けたのはさすが。まだ薬草学の授業は受けていないだろうに、ヤローナ草、ピミエンタの効能まで盛り込んだか。最初から少し知識がないとなかなかそこまで辿りつけないだろうに。エイダのばあさんにも教えておいてやろう。

レポートの評価は、よくやった！　と言いたいところだが……。

なんだ！　この誤字のオンパレードは！　ペイ合ってなんだよ。併合だろ？

ズイイって……推移なんだろうけどさ。シコミ品？　嗜好品だろ馬鹿者！

ざくつけ面積じゃなくて作付面積だし、ボーフウ効果じゃなくて、防腐効果だ。

しっかりナリス語を勉強しろ。初等部からやり直せ！　と言いたいくらいだ。

俺はレポートの誤字に赤で印をつけていく。

真っ赤になったレポートを見て、俺はテルーがCクラスであることに深く納得したのだった。

✴

1学年の授業科目は少ない。というのも、2学年時に学科選択をするため、どの学科の生徒にも必要な知識に絞って教えているからだ。

この一年で習う科目は五つ。

初級魔法学、社会学、体術の三つの授業を基本に、週に2コマだけ魔物学と薬草学がある。

先日受けた初めての魔物学の授業は、体術の教師でもあるヒュー先生が教えてくれた。

この一年間で学ぶ魔物は、クラティエ帝国内にいるCランク以下の魔物だそうで、初日の昨日はEランクの魔物の名前、大きさ、特性、それからどんな攻撃をしてくるのか、どこが弱点かなどを習った。習った10種の魔物の中には、冒険者登録の際に戦ったキャタピスもあり、なんだかすごく懐かしい気持ちになってしまった。

そうか……キャタピスは成長するとバタフリアになるのか。バタフリアは幻覚を見せる鱗粉をまく魔物でCランクだ。だからなるべくキャタピスの状態で討伐するのが望ましいとヒュー先生は言っていた。

知らなかった。

魔物学は座学だけでなく実技として魔物の討伐訓練もあるらしい。ちょっと不安。

反対に何とかなりそうなのが薬草学。薬草学の先生はエイダ・バンフィールド先生といって、イヴにも引けを取らないくらい美人の先生だ。

独学で薬を作り、旅の間『植物大全』を隅から隅まで読んでいたおかげか薬草学の授業は知っていることが多かった。

想定外だったのは、バンフィールド先生にすごく気に入られてしまったこと。

社会学のレポートでピミエンタやヤローナ草について言及したことで、私に薬草の知識があると先生間で共有されたらしい。初回の授業からバンフィールド先生は私に目をつけ、授業で扱う薬草の効能などを答えさせた。それにも私が答えられたものだから、バンフィールド先生は大喜びで、私を授業の助手に任命したほど。

例年、薬草学なんて聖魔法使いが学べばいいだろと生徒には人気がないらしい。だから聖魔法使いでない私が薬草に詳しいと知り大喜びなのだ。

そして先生に褒められたので来るだろうと思っていたが、やっぱり薬草学の後デニスさんはやってきた。「調子にのるんじゃない。貧乏平民なんだから、いい恰好しようとするな」とのことだ。

確かにデニスさんの言う通り、貴族ばかりのこの学校に、後ろ盾もなく、才能もなかったら通わないほうがいいのかもしれない。

けれど、トリフォニア王国では攻撃魔法の使えないライブラリアンは学校に通うことはできない。

そんな私にとってここはまたとないチャンスだ。

昼休み。

「私、今日東の庭園で食べる予定なんだけど、お弁当なら一緒に食べない？」

そう言ってきたのは、隣の席のナオミさん。もちろん快諾して二人で東の庭園へ向かう。

庭園の奥のベンチに着くなりナオミさんが口を開いた。

「貴女も大変ね。大丈夫？」

「心配ありがとうございます？」

返事をしつつも心当たりがなく、内心首をかしげる。

「あれだけ教師に注目される平民なんて、いじめてくださいって言っているようなものだわ。貴女もっと身の回りには気をつけたほうがいいわよ」

どういうことだと思っているとそれが顔に出ていたようで、ナオミさんが数年前に入学した平民の聖魔法使いの話を教えてくれた。

聖魔法使いの数はかなり少ない。実際Cクラスには一人もおらず、薬草学の授業の時バンフィールド先生は聖魔法使いやポーションだけに頼らず、薬草の知識を持ち、ある程度の怪我は自分で応急処置ができなければならないと言っていた。ポーションには劣るが薬草本体にも効果はあるし、いざという時に聖魔法使いが近くにいるとは限らないのだからと。

それくらい希少な聖魔法使いはどうしても目立つ。薬草学はもちろん、体術や魔物学でも怪我をした生徒を治療したりするのでやはり目立つ。それを面白く思わない人たちがいたらしい。

「たかが平民の癖に」と。

そんな妬みがだんだんいじめへと変わり、悪口や嫌みを言われるなんていい方。物を盗《と》られたり、水をかけられたり。どんどんエスカレートして自主退学にまで追い込まれたそうだ。

知らなかった。

「あなたは聖魔法使いではないけれど、初級魔法学でも、社会学でも薬草学でも先生方に褒められていたでしょう。それを面白く思わない人もいるでしょうね」

なるほど。

説明し終わり、ナオミさんがお弁当箱を開ける。私は退学してしまった聖魔法使いのことを考えて気持ちが少し落ち込んでいたけれど、ナオミさんのお弁当を見て驚きのあまり陰鬱な気持ちはどこかにすっぱり飛んで行ってしまった。

「ナオミさん！　それなんですか!?　なんという名前で、どこで売っているか教えてくれませんか!?」

そこには、形は丸いけれどおにぎりがあった。これは、絶対、絶対におにぎりだ。

すごい！　まさかここで、ご飯と出合えるなんて。

「これ？　あまり馴染みがないかもしれないけれど、私たちの領土で昔から食べている『おにぎり』という食べ物よ。島でとれる米という穀物の実を炊いて、丸く固めて作るの。一つ食べる？」

一つもらった私は、久しぶりの……いや現世では初めての米の味に泣きたくなった。

おにぎりに感激した私は、おにぎりのお礼にプリンを渡す。ナオミさんは私の差し出した見たことのない食べ物に首をかしげた。

「プリンです。甘いものはお好きですか？　嫌いじゃなければ、美味しいですよ。食後のデザートにどうぞ」

お弁当を食べ終わり、プリンを食べたナオミさんが目を見開く。

「美味しい。っもう！　全く何なのよ貴女は。絶対ただの平民じゃ……」

最後の方はごにょごにょと言っていて、あまり聞こえなかったけれど、気に入ってもらえたようで良かった。

「ナオミさんって優しいですね」

ぽろりと言葉が出た。

もちろんおにぎりをもらったからではない。

ナオミさんは体術以外の授業で褒められている私を見て、いじめられると予想した。

それなら本当はそんな厄介ごとからは離れた方がいいはずだ。それなのに、こうやって一緒に昼食を食べて、忠告してくれている。優しいなと思う。

「優しい!? あ、貴女と仲良くするのは、私にメリットがあると思ったからよ! それに私だけじゃないわ。デニスとかいう子も多分貴女を心配して言っていたんじゃないかしら? 彼は有名な商家の子みたいだし、平民で希少な聖魔法使いのことは知っていたんじゃない? まぁこれは私の想像だけどね。何よりこんな小さい子をいじめるなんて悪趣味よ」

ナオミさんも最初は優秀な私をやっかんで嫌みを投げつけていると思っていたそうだが、あまりに毎回なので違う意図があると考えたらしい。

そうか。デニスさんも忠告してくれていたのか。てっきり嫌われているのかと思っていた。

まぁ本当に嫌われているのかもしれないけれど、心当たりがなかったのでナオミさんの話はすんなり心に入った。嫌われているわけではないと思いたかったのもある。

またナオミさんの話で驚いたのは、優秀だといじめられるということ。

私は今までライブラリアンは役立たずだから冷遇されると聞いてきた。

まだ家族に庇護される年齢だったから、実際心無い言葉に触れたのはわずかだったけれど、それでも悲しかった。役立たずという評価だから、明るい将来も見えなくて。

だから、役立たずなんて言わせない！　役に立ちたい！　幸せになりたい！　と頑張ってきた。

学園に入学してから褒められることも増えて、頑張ってきたことが実を結んだのかと内心喜んでいたのに……。

確かに社会学や薬草学の時に睨まれた気もする。

それはデニスさんの言うとおり「平民のくせにいい気になるなよ」ってことなんだろうな。

だとしたら、このまま行くと私はいじめられるのか。困った。

できればいじめられたくないけど、私にとって学園に通うことはチャンスだ。

だからやめるという選択肢はない。

ナオミさんは気をつけてと言っていたけれど、気をつけるって言っても今まで私の周りは優しい人ばかりだったから、気のつけ方がわからない。

悪口や嫌みを言われたり、物を盗られたり、水をかけられたりするとナオミさんは言っていた。

悪口や嫌みの対抗策は思いつかないけれど、物理的ないじめには結界がいいのではないだろうか。

そこまで考えたところで、聖魔法使いの希少さ故にいじめられた平民の子の話を思い出す。

だめだ。結界が使えることが知られたら、余計いじめられる。

いや、それだけじゃない。火、水、風、地、聖魔法全部使えるとわかったらどうなるんだろう？

練習したからとはいえ、今や魔法陣も使わずに魔法を行使できるようになっている。

役立たずにならないために頑張った結果だが、傍《はた》から見たら（自分で言うのはちょっと恥ずかしいけれど……）天才に見えてしまうのでは!?

だって普通なら、使用できるのはスキル鑑定で鑑定された一つのスキルだけだし、五大魔法全てを使える人なんて見たことも聞いたこともない。

サーッと血の気が引く。絶対いじめられるし、なんか面倒なことになりそうな気がする。

「大丈夫？　貴女顔色が悪いわよ」

「あ。うん。大丈夫……」

あっという間に昼食の時間は終わり、私は今後どうしたらいいのか頭を悩ませながら、よろよろと体術の授業に行った。

その日の体術の授業は、もちろんいつも以上にひどかった。


放課後、温室へ向かう。

薬草学の助手として、バンフィールド先生に呼ばれているからだ。この「助手」っていうのもいじめられる原因にならないだろうかとも考えたが、一介の生徒に拒否権はないので考えても意味はないと考えるのをやめた。

「バンフィールド先生、いらっしゃいますか？　テルーです」

温室に着いたので、中へ呼びかけてみるけれど返事はない。

室内で待たせてもらおうと中へ入るとそこには、緑豊かな空間が広がっていた。

あ、授業で使ったラベンダーだ。アマルゴンも、白サルヴィアもマリーゴルディアだってある。

懐かしい。マリーゴルディアはドレイトの庭に植わっていたっけ。

温室にはさすがに知らない植物もあり『植物大全』を開いて調べてみる。

夢中になって読んでいたら、いつのまにかバンフィールド先生が背後に立っていた。

「貴女ライブラリアンだったのね。道理でよく知っているわけだ。鍛えがいがあるわ～。さ、早速はじめましょう！　こっちに来て。これは、今日授業で使ったラベンダーよ。しっかり乾かしたいから干しておいてほしいの。干し方はこれくらいの束にして、こうやってここを縛って逆さにして吊るす。いい？」

言われた通り、私は大量のラベンダーを干していく。簡単だが、この量はなかなか大変な作業だ。

全てのラベンダーを干し終わる。

終わったら、すぐに次の作業だ。次はポーションに使うヤローナ草を処理するらしい。

バンフィールド先生の説明を聞きながら、根と葉を分け、水でよく洗う。バンフィールド先生と大量のヤローナ草を洗うだけで結構疲れる。

その後根は水けをきって、フライパンへ。よく炒って、細かく刻み、擂《す》り鉢でさらに細かく。

それを前世のドリップコーヒーのように蒸らしながら少しずつお湯を入れる。少ししてやっと、ポタと真っ黒なエキスが1滴落ちてきた。また少しお湯を注ぐ。

ポタ、ポタ……。

本当にコーヒーみたいだ。

時間をかけて抽出したエキスの量は、大きなスプーン1杯程度だった。

葉は、1枚ずつ丁寧にちぎって細かく刻み、擂り鉢に入れて練る。はちみつや蜜ろう、根のエキスを入れてさらに練る。

最初はさらさらと混ぜるようだが、次第に粘り気が出てきてこの作業は結構な力仕事になった。

私は力がないので、かなり時間をかけてやっと滑らかになった薬ができた。

「これは、基本の傷薬。授業でも話したでしょう？　薬草にはもともと効能があるって。聖魔法と比べると効き目は劣るけれど、これもちゃんと傷に効き目があるのよ。今日は乾燥させていないヤローナ草で作ったわね。来週は乾燥させたヤローナ草で作ってみましょうね。どれだけ違いがあるか見せたいわ。復習にもなるしね。はい、これは貴女にあげるわ。また来週の放課後来てね」

助手というよりも、これでは個人授業みたいだ。私にとってはとてもありがたい話だけれど、いいのだろうか。

本当に勉強になった。薬は私が今まで作ったものより工程が沢山あった。

私が作った薬には聖魔法が付与されている。だから効能は私が作った薬の方が高いのだろうけれど、薬の質は今日作った傷薬の方が上だろう。塗った時にざらつきもないし、サラッとして使用感もいいから。

これに聖魔法を付与したら、より魔力対効果が良いのではないだろうか……。

そんなことを考えながら歩いているのが悪かったのだ。

ドン。

誰かにぶつかった。ぶつかった私が悪いけれど、小さいから私の方が後ろにこけた。痛い。

「すみません！」

「大丈夫ですか……って、なんだお前か。こんな時間まで何を遊んでいる？」

ジェイムス様だった。ジェイムス様の一番の取り巻きレスリー様もいる。

「バンフィールド先生に呼ばれて……」

言い終わらぬうちにジェイムス様が話し始める。

「あぁ、助手だったか。いい機会だから教えてやろう。助手なんて言葉で認められたと思っているんだったら大きな間違いだ。子供のお前にはわからなかったかもしれないが、お前がしているのはただの雑用係だ。そんな係、貴族である俺らにさせるわけにはいかないだろ？　けれどお前は、平民だからな。だからお前が助手なんだよ。わかったか？　わかったら自分の分をわきまえて、助手としてせいぜい励め」

さっと立ち上がりスカートをはたく。内心私は二人の冷たい目に震えながら、「教えてくれてありがとうございます」と言って足早に立ち去った。

今はまだ一言言われただけ。でもまだ入学して1週間も経っていない。

これから先、大丈夫だろうか。


白壁に黒いアイアンの門をくぐる。ここは中等部に入学すると同時に住み始めた私の新しい家。

この家はオスニエル殿下からいただいた。

スタンピードの時に結界を張って町を守った件と、今や皇子妃になったアイリーンを殺そうとしていた騎士やウォービーズの毒から守ってくれたお礼なのだそうだ。

もともとは貴族の館のような大きな家をくれようとしていたのだが、さすがにそれは受け取れないと固辞したところ、学園にも近い、平民向けの少し大きな家をもらうことになった。

これも私一人には不相応な大きな家だと思ったが、「使っていない部屋を貸し出せばクラティィエ帝国で暮らすのに不自由ないくらいは稼げるのではないか?」と言われたことが決め手になって、ありがたくいただいた。

というわけでこの立派な3階建ての家の3階が私の家。

2階はそれぞれ鍵付きの部屋が四つあり、賃貸用の部屋だ。1階には共有の調理場と管理人部屋、入ってすぐの所に、誰でも使える小さな応接室がある。

ちなみに管理人はスタンピードの時に出会ったバイロンさんだ。バイロンさんとニールさんは知り合いだったようで「顔なじみの方がいいでしょ」とニールさんが連れてきてくれた。

商人の仕事はいいのだろうかと思ったが、バイロンさんは自分が気に入った商品しか扱わないこだわり派らしく、今は何も売りたいものがないということで管理人を引き受けてくれている。

レンガの小道を抜け、家のドアを開ける。

「にゃーん」

ネロが奥からひょっこり出てきた。

ネロはトリフォニア王国とクラティィエ帝国の国境で起こったスタンピードの時に出会い、そのまま一緒に帝都に来た。サンドラさんの家にいる時は、どこかをふらふらほっつき歩いていていないことも多かったけれど、今回の引っ越しにはちゃっかりついてきた。

いずれまたふらふら出ていくことがあるかもしれないが、ネロには結界付与した首輪があるから危険はないだろうと出入りは好きにさせている。

結界付きの首輪のおかげか、ネロはお風呂に入れていないのにいつも毛並みがツヤツヤだ。

「ネロー！　ネロー！」

ネロを見るなり、ぎゅーっと抱き着く。

「あのね。私学園でいじめられそうなの……」

「にゃっ！」

相変わらずネロは、私の言葉がわかるかのような絶妙なタイミングで返事をしてくれる。

今日は私が落ち込んでいたからか、ずっと近くにいてくれた。

落ち込んだ時、今までならマリウス兄様が慰めてくれた。だけど今はいない。

「私も強くならなくちゃね」

その日は寝るまでネロと一緒に過ごし、プリンも食べて、自分を甘やかした。

明日からは勉強を頑張ろう。悪口も嫌みも聞こえないくらい勉強に没頭しよう。

嫌なものは、こちらが受け取らなければいいのだ。受け取らなければ、その嫌なものはきっと相手に返っていく。

あと、わからないようにひっそり自分に結界をかける方法を考えよう。

私は平民だから、やり返したところで私一人が悪者にされてしまうだろう。だからこちらからは絶対に反撃しない。ただ攻撃も受けないだけだ。

どんな厄介ごとになるかわからないから、魔法は取りあえず必要に迫られるまで使わない。

強く、強く生きるんだから！

第二章✴海の民と偽聖女

初めて昼食を一緒に食べてから私とナオミさんは仲良くなり、ナオ、テルーと呼び合うようにもなった。それは嬉しいことなのだが、あの昼食でナオが危惧していたいじめの可能性が、その日のうちに現実味を帯びることになろうとは思わなかった。

ナオからの忠告、ジェイムス様からの嫌みとタイミングが重なったことで私の中で危機感がぐっと高まり、最近私はいじめの対策ばかり考えている。

そこで思い出したのが、誘拐される前に準備しようとしていた護身用ネックレス。

あの時は回復を付与した護身用ネックレスを作ろうとして、聖魔法の魔法陣を勉強していたんだっけ。結局すぐに誘拐されてしまって、そのまま帝都に逃げてきたから作ることはなかったが、結界を付与したネックレスならいつも身につけていられるし、身を守るのに一番良いと思う。

結界の範囲を限りなく私の体に近づければ、誰も私が聖魔法を使ったようには見えないはずだ。

そうと決まったら、先《ま》ずは宝石選び。

付与魔法で大事なのは、適切な魔法陣を適切な素材に付与すること。

魔力押しで付与しても魔力対効果が薄いから、素材選びはとても大事。

それから私は休み時間に『石の神秘』とか『宝石、鉱物大百科』なんて本を読むようになった。

教室で宝石の本など読もうものなら「平民のくせに！」と言われたかもしれないが、幸いライブラリアンのスキルで出した本は他の誰にも読めない。だから学校でも存分に調べている。

宿題は放課後学校に残って終わらせ、家に帰ってからはまた石について調べている。

いじめられる前に作り上げたいから、できれば今週末には宝石を買いに出かけたい。

『宝石、鉱物大百科』によると昔イヴが言っていたように、やはり回復にはペルラがよさそうだ。

『ペルラ

貝からとれる宝石の一種。

ミオル海が一番の産地であり、ペルラの80パーセントはミオル海に面した町でとれる。

ペルラがとれる貝は、泡だま貝、蝶々貝の2種で、とれるペルラはともに白色だが、真っ白なペルラがとれる蝶々貝に対し、泡だま貝のペルラは、少しグレーがかったようにも見える。それは泡だま貝のペルラが、層が何重にも重なっているからであり、光にかざせばその独特なグラデーションが光る。

すべての泡だま貝、蝶々貝でペルラがとれるわけではなく、とれる貝ととれない貝がある。

安定して産出されるのは蝶々貝のペルラである。

宝石の価値としては、安定して供給され、真っ白に輝く蝶々貝のペルラの方が高い。

産出量の少ないグレーがかったペルラは、くすんだペルラと呼ぶ人もおり、蝶々貝のペルラの劣化版として扱われることが多く、価格も蝶々貝のペルラに比較すると四分の一ほどの値段で販売される。

ペルラは古くは体調を整える働きがあると考えられており、怪我を治す魔法陣と共に使われてきた。その製法はもう途絶えてしまっているが、ある宝石商の手記によると魔法陣に使われるペルラは、泡だま貝、蝶々貝ともに親和性が高いが、特に泡だま貝と相性が良いと書かれている』

ということでペルラ、特に手に入れば泡だま貝のペルラを買うことにした。

怪我を治す魔法陣ということは、命の呪文との親和性が高いということだからだ。

だが一番付与したいのは結界。つまり癒やしの呪文だ。

癒やしの呪文には何の石を使うのがいいだろうか。

ディアマンテ……は無理かな。お財布的に。手出しできない最上の守りの石と呼ばれる石ディアマンテ。マナーの授業でも習うほど有名な石で、その輝きの強さから宝石的価値も強い。故にお値段も高い。王族とか教皇様とかの装飾品にも使われるくらいだ。

他に親和性の高い石は……。うーん。オニキスは魔除けの石、ブラックトルマリンも守護の石。どれも結界によさそうではある。

『付与魔法のすべて』に載っていたクアルソはどうだろう。

クアルソは無色透明の石で、別名を万能の石という。どの魔法にも親和性があり、複数の魔法を付与する時には、クアルソを用いるのが無難なのだと本に書いてあった。

クアルソの中でも紫色のクアルソでアマティスタと呼ばれる宝石は魔除けや浄化の言い伝えのあ

る石だ。クアルソの一種だからきっと何にでもある程度親和性はあるだろうし、アマティスタとペルラの組み合わせがいいかもしれない。

週末。手持ちの服の中で一番いいワンピースに袖を通す。

宝石店に行くのだから、ちゃんとした格好でなければ相手にされないだろうと思ってのことだ。

ウキウキしながら1階へ下りると、ちょうどバイロンさんに会った。

軽く立ち話をして聞くところによると、なんともう入居者が二人も決まったらしい。残り二部屋も申し込みがあるという。

バイロンさんがこの家の入居者を探し始めたのは先週から。

一週間も経たないうちに全部屋入居の目途が立っているなんて、バイロンさんは優秀なのだろう。

「あれ？　テルーちゃんは、今日お出かけ？」

お守りになるアマティスタとペルラを買いに行くとバイロンさんに言うと、バイロンさんが一緒についてきてくれることになった。

子供の私が一人で宝石店に行っても門前払いをされるだろうし、あまり形や品質にこだわらないならいい店があると教えてくれたのだ。

バイロンさんの知り合いのお店は表通りから1本入ったところにあった。

こぢんまりとして、静かで、落ち着くドレスショップだ。

高価なドレスは小さな宝石を縫い付けることもある。アマティスタやくすんだペルラはそれほど高価な宝石ではないからドレスに縫い付ける定番の石らしく、形にこだわりがないのならドレスショップの方が安く手に入るのだそうだ。

　特に連れてきてくれた店は廃業予定らしく、値段を聞いたら本当に安かった。


　宝石を買った後は米を買いに行く。バイロンさんも一緒だ。

　宝石と違って米なら子供の私でも売ってくれるだろうと一人で行くつもりだったのだが、米と聞いてバイロンさんが一人で行くことを反対した。

「米って言ったら、海街の方なんじゃない？　あそこは柄が悪いわけじゃないんだけど……まだ安定してないから。ナリス語がわからない人も多いしトラブルもちょくちょくあるんだよね。俺はテルーちゃんより魔法は弱いけど、大人と一緒にいるだけで危険度も下がるから一緒に行くよ」

　海街という聞きなれない言葉にきょとんとする私にバイロンさんが説明してくれるには、海街は去年、クラティエ帝国の保護国になったシャンギーラの人たちが住んでいる地域の通称だそうだ。

　保護国になった時にクラティエ帝国の市民権も与えられているため、去年から少しずつ移り住んでくる人が増えているという。

　シャンギーラは、海に囲まれた島国のためシャンギーラ人は通称海の民と呼ばれており、海の民が固まって住んでいるから海街と呼んでいるらしい。

「保護国になってまだ1年だから、移り住んできてもナリス語ができない人が多くてね。だからこそ彼らは固まって住んでいるんだろうけれど、ドーラが使えない店もあるし、ちょっとまだ海の民以外の人は訪れにくい地域かな」

「そうなんですね。確かに教えてくれた友達も『海の民』って呼ばれていました。あれ？　併合とも聞いたのですが……」

「あぁ、併合と勘違いしている奴も多いよ。だから海の民を下に見て、ちょっとした差別もあるらしい。まぁ保護国とわかっていても差別する人はするけどね。どこにでも自分とは違う人を区別して、下に見たり、悪く言ったり、恐れたりする人はいるものさ。あそこは3年前に起こった災害で、人も農地も大打撃を受けたから、保護国になっただけだ。だから援助はしているけど、主権はシャンギーラだよ」

あぁだからかな……。自らも差別を受けているから、私に忠告してくれたのかもしれない。

それに、今の話からするとナオも学園で差別されているのかも。

それなのに私、気がつかなかった。自分のことばかりで……ダメだなぁ。

そんな話をしながら歩いていると、突然空気が変わった。

初めてここに来る私でもすぐにわかった。海街についたのだ。

帝都でありながら、ここは異国。

帝都で建てられた建物だから、建物自体は他の建物と同じようなもの。

けれど、帝都の表通りなら椅子と机をおいて、若い女性が紅茶片手におしゃべりに花を咲かせていそうな店先のテラスには、大きな机が置かれ、その上に所狭しとカラフルな布が積んである。窓辺には上からジャラジャラとランプや紐で作られた飾りがつり下がり、外から店内をうかがい知ることはできない。何より大きくでかでかと書かれている文字は見慣れぬ文字だし、おそらく値段であろう数字の横には見慣れぬ記号が書かれている。きっとシャンギーラの通貨記号だろう。

さらに道行く人もナオと同じ黒髪黒目の人ばかりだ。

前世では当たり前の光景も髪や瞳の色が個人個人で違う今世では、かなり違和感がある。

そんな海街に突如現れた私とバイロンさんという異物を、海街の人は警戒しているようだった。

きょろきょろとあたりを見回し、目的の店を探す。あった！

店先には大きな甕《かめ》が沢山並んでおり、その中に米や豆がたくさん入っていた。

店先に並ぶ甕と共に座っていたおばあさんは、私たちを見るなり一瞬驚いたものの、すごく優しい笑顔で迎えてくれた。

「イラッシャイ。ワタシ、コトバ、ワカラナイ。チョットマッテテ」

ナリス語を話せる人を呼んできてくれるのだろう。

おばあさんを待っている間に、私と同じくらいの子供がやってきた。

「トモダチ？」

ん？　友達になろうってことだろうか？

「ネネ、ウレシイ。アリガト」

返事をする前に片言のナリス語のお礼が続く。どういう意味だろうかとバイロンさんと目を見合わす。この子の名前はねねちゃんっていうのだろうか？

「あなたの、なまえ。ねねちゃん？」

ゆっくり発音して聞いてみた。

ねねちゃんと思われた少女が「チガウ」と首を振った時「テルー、いらっしゃい！」と後ろから聞き覚えのある声がした。ナオだ。バイロンさんの言う通り海街は他の場所とは趣も違うし、言葉も通じなそうだったから、来てくれて助かった。

「ここに住んでいる人みんながナリス語話せるわけじゃないから。もしシャンギーラ人じゃない子供が来たら呼びに来るよう伝えておいたのよ。そちらは？」

子供かぁ……。バイロンさんを軽く紹介して、互いに挨拶を交わす。その後ナオは何かに気づいたように、後ろに目をやった。

「あれ？　ユーリ？」

ユーリちゃん？　ねねちゃんじゃなかったんだと思ったら、「ねね」というのはシャンギーラの言葉で「姉」という意味を持つらしい。そしてさっき話しかけてくれたユーリちゃんはナオの妹だった。ユーリちゃんはまだナリス語の勉強中だから、言葉が交ざってしまうようだ。

つまり「ねね」が「姉」で、ナオのことを指しているなら……。

ナオは私と友達になれて嬉しいと言ってくれていたんだろうか。ユーリちゃんの言葉を解読したら急に胸がポカポカ温かくなった。

友達になれて嬉しい……私もだよ。そうやって私のことを周りに話してくれているのが、なんだか友達になった証のようで、嬉しい。

「米を買いに来たんでしょ！　米にもいろいろあるから、私が説明するわね」と言って、ナオが米の説明をしてくれる。以前もらったおにぎりに使われている米が一般的なもので、ほかにも粘り気のあるもっちりとした米と粘り気のない米があるらしい。後者は最近できた品種でナオも食べ慣れていないという。

もっちりした粘り気のある米……。餅米のことだろうか。もしそうなら、お餅が食べられるのでは？　おこわも、せんべいも！

それにあまり粘り気がない米といったら、チャーハンだ。

ナオの説明を聞くだけで夢が膨らんでいく。

「テルー、こっち来て座って。バイロンさんも。はい、これどうぞ。これがさっき言ったもっちりした米を捏《こ》ねたもの。このソースにつけて食べてね」

さっきナオを呼んできてくれたおばあちゃんがお皿に入れた白いものを持ってきてくれた。

やっぱり！　あれは……お餅だ。一緒に出された真っ黒のソースにバイロンさんはちょっとたじろいでいるようだったけれど、私は醤油だと感動に震えていた。

一口食べる。

お餅がのびる。横目にバイロンさんが驚いているのが見えた。

あぁこの味……醤油だ。醤油！

「ん〜、美味しい〜！　早く、早く！　バイロンさんも食べてみて。絶対美味しいから！」

恐る恐るバイロンさんが口に入れる。目を見開き驚いている。

ふふふ。その顔は、きっと美味しいの顔だ。ほらね、美味しかったでしょ！

「シャンギーラの言葉で美味しいってなんていうの？」

「え？　エンビーだけど……」

ナオが不思議そうに教えてくれる。私は振り返っておばあちゃんに「えんびー！　えんびー！」とおそらく片言であろう発音で、でもこの感動を伝えたくて一生懸命「えんびー！」と叫んだ。

「ぷはっ！　ふっふっ……ふふっふくくく」

突然ナオが笑いだす。

抗議の意を込めてナオを見ると、ナオの背後にこちらを見ている海街の人たちが見えた。

気がつかなかったけれど、よそ者の私たちをずっと見ていたらしい。けれどその視線は私が「えんびー！」と連呼したせいなのか、海街に来たばかりの時にあった警戒するようなものではなく、どこか生暖かいものだった。恥ずかしい。

「ナ、ナオ。ありがとうはどういうの？」

「ラシアルよ。ふっふふ」

取り繕って淑女モードになってみたものの、もう手遅れみたいだ。


海街を訪ねてから……いや違った。ペルラとアマティスタを購入してから、1週間が経った。

あの時購入したペルラとアマティスタは、バイロンさんが紹介してくれた細工師に加工を依頼した。首から下げられればいいので、加工に関する注文はほとんどない。制服の下に隠したいので、紐は長めがいいなくらいである。だから1週間後の今日、ネックレスが届くはずだ。

ネックレスがないので先週は学園にいる間中、体の近くに結界を張り続けていたけれど、やはり慣れない環境で、授業を受けながら、結界を張り続けるのは大変だった。

特に体術の時間は……もう体力の限界で、結局結界も解除されていた。

入学して2週間が経った。今のところ嫌みを言われるくらいで、実害は何もない。

護身用のネックレスまで作って対策したけれど、杞憂だっただろうか。

カランカランと来客を知らせるベルが鳴る。

「テルーちゃん、頼んでいたネックレスが届いたよ」

早速開けてみると、金のチェーンの先にペルラとアマティスタがさくらんぼのようにぶら下がっていた。可愛い。

今日は学園もお休みだから思う存分ネックレスづくりに没頭しよう。

ペルラとアマティスタを扱うのは初めてだけど、命の呪文と癒やしの呪文は冒険者時代にどれだけ使ったかわからない。大丈夫、きっとできるはず。

それにしても、なぜ癒やしの呪文っていうのだろう。

癒やしと呼ばれる所以《ゆえん》はやはり受けた毒や病の原因を取り除く効果があるからだと思うけれど、それでも結界の呪文でもあると知っている私にとっては、毒や病、魔物、瘴気のありとあらゆる悪いものから守ってくれているように思える。

「癒やしというより守護《プロテクシオン》だと思うのよね……。わわっ！」

口に出した瞬間結界が発動した。

え？　今古代語の長い呪文は唱えてない。つまり短縮呪文で発動できるようになった……？

しかも口に出した呪文は私の個人的なイメージだ。どういうことだろう。

ということは、命の呪文も短縮できるのだろうか？　私の命の呪文に対するイメージは、変わらず命のままだ。だから……。

「命《ヴィダ》」

ダメもとでつぶやいてみる。指のさかむけがみるみる治った。できた。できてしまった。

確かに癒やしの呪文、改め守護の呪文も命の呪文もたくさん使ってきた。使い慣れた魔法だ。火、水、風、地の四つの魔法の時もそうだった。たくさん訓練していたら、魔法陣が必要なくなった。今度は魔法陣のみならず、長い呪文も不要になった。

もしかして……。魔法陣や長い古代語の呪文は魔法が上手く扱えない人のための補助的な役割なのだろうか。

魔法陣と長い古代語の呪文で魔法を発現させることができるようになるのが第一段階。そしてその魔法を練習していくと魔法陣がなくても使えるようになる。それが第二段階。さらに使い込み、第三段階になると長い呪文も不要になる。

今の時代魔法陣を使っている人はいない。だから私のこの経験則が正しいかどうかなんてわからない。けれど、そんな気がする。

気を取り直して護身ネックレスづくりを再開する。まずはアマティスタを手に取り、できたばかりの呪文を唱える。

「守護《プロテクシオン》!!」

ぐーっと定着させるように。ぐっぐっぐっと。ピカッと一瞬光り、付与が完成した。

同じようにペルラにも命《ヴィダ》を付与する。こちらも問題なく付与できた。

付与に慣れたからか、適した素材を使ったからか疲れもほとんどない。

すごい。魔法って……面白い。頑張ったら頑張っただけ応えてくれる。

早く終わったので、自分で昼食を作る。

作るのは、先週海街で買ったあまり粘り気のないという米や醤油を使ってのチャーハンだ。

にんじん、玉ねぎを細かく切って。料理人みたいに上手く卵でコーティングなんてできないから、先に卵だけ炒め、次に野菜を炒める。ごはんを入れて、最後に焦がし醤油。

できあがりだ！

お店のチャーハンみたいに綺麗なドーム形に盛り付けなんてできないけれど、美味しい！

今世初のチャーハン、美味しすぎる。

満腹になってくつろいでいると、空っぽのお皿の向こうにガラスの花瓶に生けたピンクと白のキンギョソウが目に入った。もうだいぶくったりしている。

そろそろ新しいお花に替えないと。週明け、学校の帰りにまた買って来よう。

自分の家を持ってから、ドレイトの家を思い出して部屋に花を飾っている。

昔はジョセフが世話してくれていた花を庭からもらってきていたけれど、今のこの家はまだ庭師を雇っていないのでもともと植わっていた木がところどころにあるだけだ。

庭師を雇ったら、お花も育ててほしいなと思いつつ、今は近所の花屋で花を買っている。

でも、ジョセフがくれた花と花屋の花とでは持ちが全く違う。何故だろう？

切り方か、気候か……やっぱり緑魔法か。いや鮮度かもしれない。家の花なら切りたてだから。

そういえば、緑魔法ってどんな魔法陣を使うのだろう？

ふと疑問に思った。

魔法関係の本はたくさん読んでいるけれど、聖魔法と同様に「緑魔法」という単語も見たことがない。ということは、緑魔法も付与魔法なのだろうか。

そうだとすると……思い当たる呪文が一つある。ちょっと……ちょっとだけやってみようかな。

少しくたびれたキンギョソウに向かって唱える。

「命《ヴィダ》」

すると、くったりしていたキンギョソウがゆっくり起き上がってきた。もうすでに枯れて回復できなかった葉は落ち、まだぎりぎり生きていた部分はすっかり息を吹き返す。

やっぱり。そうだったんだ。緑魔法も付与魔法で、聖魔法も緑魔法も同じ命の呪文。

その対象が人か植物かという違いだけで、同じように細胞やなんやかんやに働きかけ、人の、植物の生きる力を引き上げる。そんな呪文だったんだ。

魔法っていうのは、案外思っているよりもシンプルなのかもしれない。

それに今私は聖魔法に役立つからと薬草ばかり勉強していたけれど、本当はもっと人体のこと、植物のことを知らなければいけないのかもしれない。

今回は花に直接付与したが、命《ヴィダ》を付与した水を与えたほうがいいかもしれないし、命《ヴィダ》を付与した栄養剤みたいな何かを作ったほうがいいのかもしれない。

付与魔法は、適切な素材を適切な処理してやっとその真価が発揮される。

火、水、風、地の魔法だって、同じだ。例えば、火は火として使うだけではなく付与することで熱として使うことができると『付与魔法の全て』に書いてあった。

熱として使うには、素材の研究などが必要だけれど、熱が使えたら魔法の幅はうんと広がる。

魔法はシンプルだけど、使いこなすにはきっと凄い努力が必要なんだ。

魔力を感知できるようになって、自在に操れるようになって、それを魔法として表現できるだけではダメなんだ。きっと魔法を使えるようになって、やっとスタートラインに立てる。

そこから自分が使える魔法をどう使うのが一番効率的なのか、さらに発展させることが可能なのか……そんなことを追求していくのが本当の魔法の勉強というのかもしれない。

ナリス学園と同じ敷地にある研究所では、そんなことを研究しているのだろうか。

魔法の勉強って奥が深い。

入学して2ヶ月が経った。私の毎日は相変わらずだ。

初級魔法学では未だ魔力操作の特訓。

ただし、浮遊紙を使って移動させる訓練は終わり、現在は魔石に魔力を込める練習をしている。

入れすぎると魔石は壊れるし、少なすぎると役に立たない。

魔石の容量ピッタリに魔力を込めるのはなかなか楽しい。

感覚としてはちょっぴり付与魔法に似ている気がする。

この訓練は魔力を扱う訓練にもなるし、自分の魔力量を知る訓練でもあるらしい。

確かに魔石の容量ピッタリ入れるためには、コップに水を入れる時みたいに溢《あふ》れないように、他の場所にこぼさないように、魔石の状態を見ながらちょろちょろと流さなければならない。

もうだいぶ上手になったと思っていた魔力操作も、新しい訓練方法のおかげか、さらに上達した気がする。こんな訓練法があったのか。やっぱり学園に来てよかったな。

自分の魔力量については、実はまだあまりわからない。

何度も魔石に自分の魔力を込めることで、魔力量を感覚的に測れるようになるというのだが……。

例えば中魔石一つを自分の魔力でいっぱいにした後の自身の中の魔力量と、魔力を込める前の自身の魔力量の差に注視すると、自分の魔力は中魔石何個分と分かるようになるらしい。

また、魔法を使った前後でどれだけ魔力が減ったかがわかるようになると、今の魔法は中魔石何個分の魔力消費だとわかるようになる。

うん。後者は私も精度はそこまでではないけど、なんとなくわかる。

ただ前者は……よくわからない。

いつも魔力の器から溢れないように魔力をむぎゅーっと押し込めているからかもしれない。

社会学では頭から煙が出るんじゃないかと思うくらい頭をフル回転して授業を受け、毎回宿題のレポートではたくさん赤字をもらう。そしてまた翌日の宿題に奔走し、赤字の単語を必死に覚える。

あぁ社会学が一番ハードだ。だがその甲斐あって、だいぶ赤字で直される単語も減ってきた。

体術は安定の落ちこぼれで、全くついていけないので私だけ校庭の隅で別メニューだ。

少しは筋肉もついてきたと思うが、未だに剣は危なっかしくて持たせられないと言われたし、弓も引く力がないから扱えない。ヒュー先生は、毎回どうしたものかと頭を抱えている。

ほら……私9歳だからさ。あと3年経ってみんなと同じ12歳になったらできると思うよ。多分。

薬草学は助手として大活躍だ。だがそのことに文句を言う生徒も今はいない。

ジェイムス様が助手というより雑用係だと言っているようで、雑用係なら平民がするのが適当だな……みたいな空気になっている。

初めての時は「個人授業ではないか！」と思った放課後の助手の仕事は、どんどんどんどんハードになってきた。もう個人授業などと生やさしい感想は持てない。

うん。これは、紛うことなく助手であり、雑用係だ。

確かに大量の薬草を延々と煮詰めたり、干して乾燥させたり、粉にしたり……大変ハードな雑用ではあるのだけど、この大量に処理することが私の経験になっているのも事実のようで、結果的に薬草の知識はついたし、薬づくりの腕も上がっている気がする。

もう最初に教わった傷薬なら一人で作っても品質に問題ないと太鼓判をもらい、体術や魔物学、課外授業に使う傷薬の生産も任されている。薬を作るスピードも上がってきた。

だから今となっては、助手に誘ってもらってよかったと思っている。

大変だけど。とても。

それに、大量の薬草の下準備と薬の生産をする代わりに、少しなら自分用にもらってもいいし、器具も使ってよいと言われているので、ひっそり命《ヴィダ》を付与した傷薬を作って携帯している。カラヴィン山脈で採取したラベンダーもこの間、器具を使わせてもらって精油にした。うすーく、ごくごくうすーく命《ヴィダ》を付与して、自分用の化粧水にしているのだ。おかげさまで肌荒れ知らずだ。若いからかもしれないけれど。ふふふ。助手特権だよ。

休み時間は周囲の声を聞かないように勉強に没頭し、昼はナオと一緒にお弁当を食べる。海街に行ってから、ナオとはまた一段と仲良くなった気がする。

貴族ばかりのこの学園で友達と呼べる存在ができるなんて。嬉しくてマリウス兄様に書く手紙の半分はナオの話だ。時々心無いことも言われるけれど、初めて知ることも多いし、ナオという友達もできた。充実している。学園に通えてよかったと思う。

それに心無いことを言われた日は、帰ったらネロにうんと甘えさせてもらうことでバランスをとっているから大丈夫だ。本当ネロがいてよかった。

今日は、初めての魔物学の実技の日。ヒュー先生はライブラリアンの私をどう戦わせるつもりだろう。弓や剣は扱えないし、魔法はなるべく隠しておきたい。どうしようかと頭を悩ませつつも良い解決法など思いつかず、少し不安を感じながら授業に参加した。

「今日は実技だからな、BクラスとCクラス合同でやるぞ。喧嘩しないよう仲良くな。さて今日初めて魔物と戦う訳だが、まずはちゃんとお前たちの頭の中に魔物の情報が入っているか確認するぞ。

ジョン！　この魔物の名前はなんだ？」

そう言って体術と魔物学の先生であるヒュー先生が指し示したのは、大きな亀だった。

「はい！　ウィプトスです！」

座学で習ったウィプトスは想像よりもずっとずっと大きかった。

ちなみに『魔物図鑑』によるウィプトスの説明はこうだ。

『ウィプトス（Eランク）
体長130～150センチ
亀のような形で甲羅の強度だけならSランク魔物の攻撃も防げるほどの防御力がある。
弱点は首。ただしこの首は2、3倍に伸び、鞭のような攻撃を繰り出すので遠距離から仕留めるのが良い。
強い防御力と首を使った攻撃は要注意だが、首以外の動きは遅いので逃げるのは容易』

ヒュー先生が他の生徒を当て、ランクや特徴を答えさせている。

一通りウィプトスの特徴をおさらいしたところで、ヒュー先生が言う。

「この中で聖魔法使いか、または五大魔法でないものはいるか！」

「はい。私は聖魔法使いです」

そう答えたのは、Bクラスの男爵令嬢だった。バーバラ様というらしい。

「はい。私も鑑定です」

そう答えたのは同じクラスのアビー様。あ、私もだ。

「私もライブラリアンです」

するとヒュー先生は私たち三人に後方部隊として怪我した人の介抱をするように言った。聖魔法のないアビー様と私は薬を使って手当てをするらしい。

なるほど。無理やり戦わせるのではなく、自分の適性に合った場所で役に立てということか……。

ヒュー先生はさらに攻撃魔法を持たない私たちに、どこかへ行くときは必ず護衛を雇えという。剣や弓を習うのもいいらしい。攻撃手段を持たない私たちはどれだけ自衛してもし過ぎではないからと。

「護衛を雇ってもそれで安心するな。護衛の足を引っ張らないよう逃げるだけの体力はつけておいた方が生存率は上がるし、護衛が怪我した時に応急処置ができればその護衛はまだ戦える。戦えないなら、戦えないなりの補助ができるようになれ。それが巡り巡って自分を助けることになる」

昔ゼポット様も言っていた。ピンチの時は戦って勝つことが大事なのではない。逃げて、逃げて、逃げること。生き延びることが第一だと。

ヒュー先生の言葉とゼポット様の言葉は少し違うけれど、その言葉の裏は二人とも一緒で「生き延びるために、自分にできることをやれるだけやれ」ということなんだろう。

ヒュー先生の「討伐はじめ！」という号令を合図にみんながウィプトスの周りを囲む。

ウィプトスは、動かない。

動かないことをいいことに、みんな思い思いの方向から首に攻撃を仕掛ける。ある生徒は火を放ち、ある生徒は水を放つ。風を放つもそよ風程度という生徒もいるし、魔法は苦手だから剣や弓で戦うという生徒もいる。

まだみんな魔力操作が苦手だし、初めての魔物で緊張しているし、初めての合同授業だ。つまり協力して討伐するということはなく、四方八方から各々自由に攻撃を繰り出している。しばらくは生徒が攻撃するだけの一方的な戦いが続いた。

後方部隊と言われた私たちの出番はなく、ただ見ているだけだ。

そんな時間が10分ほど経っただろうか。

絶え間ない攻撃にイライラしだしたウィプトスが突如首を振り回し始めた。

今まで反撃などなかったものだから、みんな油断していた。あっけなく、何人もの生徒が飛ばされていく。その光景を、攻撃の当たらなかった生徒たちが呆然と見ていた。

はっ！　怪我人の救助！　被害を受けた生徒の近くまで走り出す。

「動ける人は自力でこちらまで来てください！　他の皆さんも手を貸してください！　倒れた人をこちらに運んで！」

初めての魔物討伐で、非日常感があったからだろうか。

誰一人「平民のくせに指図するな！」なんて言わず、運んでくれた。

「テルー、いい判断だ！　お前たち、まだウィプトスは暴れているぞ！　このままだと第二、第三の被害が出る。どうするんだ！」

ヒュー先生が檄を飛ばし、何人かがハッとなった。

「土魔法はいないか！　首の周りを土で囲ってあの首を止めたい！」

「土魔法ならまかせろ！　だが一人じゃ無理だ。他にいないか！」

「俺も土魔法だ」

そこからは、鞭のようにしなる首を土で固め、水、風、火と順番に魔法を繰り出して討伐する方法にしたようだ。

私も頑張らなきゃ。一番重傷そうな生徒のところに行く。

「ちょっと動かしますね」

腕を曲げようとするも、痛くて曲げられないようである。これは、折れているかな？

「バーバラ様お願いします！　おそらく腕の骨が折れているんじゃないでしょうか」

バーバラ様とアビー様もヒュー先生の檄で動き始めたようで近くまで来ていた。

「わかったわ。任せて」

私は次の怪我した人のところへ行き、水で傷口を洗い、薬を塗る。まだ出血している人には、薬を塗った後、魔力で覆い蓋をする。イメージは絆創膏だ。これで、よし！

「ほかに怪我したところはありませんか？」

「あ、ああ……。大丈夫だ」

その答えを聞き、私はまた次の人へ。

水で洗い、薬を塗って、魔力で蓋をして、水で洗い、薬を塗って、蓋をして……。

アビー様も薬片手に救助者の周りを回っている。

吹っ飛ばされた時は大変だと焦ったけれど、大きな怪我をしている人はほとんどいなかった。倒れていたのは、びっくりして腰が抜けたり、魔力が少なくなって動けなかったりした人が多かったのだ。

そりゃそうか。魔物討伐とはいえ学園の授業。そこまで危険なことはしないか。

あらかた手当てが終わったころ、ウィプトスも無事倒し、授業が終了した。


「ねぇ知っている？　聖女の噂」

今は昼食時。ナオと私は相変わらず東の庭園の奥で二人お弁当を食べている。

「聖女？」

「なんでも、聖女様に手当てしてもらうと傷の治りが早いんですって」

何か含みがあるようにナオがこちらを見る。

「けれどクラティエ帝国には聖女がいないんじゃなかった？」

「ええ。帝国には聖女制度なんてないから、聖女という身分はないわ。でも個人が勝手にそう呼ぶことまで規制できないでしょ？　私たちも海の民って呼ばれているし、あだ名みたいなものよ」

なるほど、力の強い聖魔法使いが見つかったのかと納得していたら、どうやら違うらしい。

魔物学で怪我をすれば後方部隊が手当てしてくれるが、聖女と呼ばれる子に手当てをしてもらえると怪我の治りが早く、傷跡もきれいなんだとか。

ナオは私のことではないかと思っているらしい。

「え？　でも、私が使った薬は先生から手渡された薬で、アビー様も同じ薬を使っているんだよ。やっぱり、聖魔法が使えるバーバラ様かS、Aクラスの人じゃないかな？」

そう言ったものの、ナオはまだ私のことではないかと思っているようだった。

あれから何度か魔物学の実技があったが、私、アビー様、バーバラ様は毎回そろって後方部隊に配置されている。最近は同じ仕事をする仲間のような連帯感も生まれてきていた。

授業ではウィプトス以外にキャタピスなどいろいろな魔虫を取り扱った。

どれもランクは低いが、生徒は魔物に慣れていないからどうしても何人か怪我をする。

ウィプトスの時みたいに骨が折れるほどの大怪我はほとんどないが、小さな怪我は後を絶たない。

だから何人もの人に薬を塗って手当てはしたけれど、特別なことをした人は誰もいない。

みんな水で傷口を洗って、薬を塗って、魔力で絆創膏のように蓋をしているだけだ。

「いや、違うと思うんだけどな」

「どうかしら？　テルーはそういう厄介ごとを引き寄せそうだし。貴女も大変ね……」

引き寄せないわよ！　と反論しようとする前に、最後の言葉が気になった。

「貴女もって、ナオは何か今困っているの？」

「ん？　あぁ、学園のことじゃないのよ。海街のこと。まだクラティエ帝国に慣れてないから仕方ない部分もあるのだけど、帝都の人とトラブルになることが多いし、海街に住む人は、先の災害で家や土地に被害を受けた人が多いからそんなに裕福じゃないの。それなのに閉鎖的でしょ？　だからみんな貧しいのよ。このままこの状態が続けば、店や家を手放す人も出てきそうでね……」

ナオの言葉に深く納得する。確かに知り合いでもいなければ海街はちょっと入りづらい。海街は私も大好きだ。だから私にできることはないかと考えて、海街の商品を売ることを思いついた。

こう見えても商会のオーナーだから。

ナリス語ができる人でないと厳しいが、シャンギーラの人を雇うこともできるし、シャンギーラの品物が帝都の人に受け入れられたら、海街に行く人も増えて、海街のお店にもお客が来るようになるんじゃないだろうか？

凄くいい案だと思ったのだが、ナオは「その気持ちだけですごく嬉しい」「心配かけること言ってごめんね」と言うだけで、決して首を縦に振ってはくれなかった。


午後の体術の授業が終わり帰ろうとすると、早速「聖女様」という言葉が聞こえた。

聖女が噂になっているのは本当みたいだ。

「聞きました？　聖女様の噂」

「えぇ、聞きましたわ。希少な力を使って、殿方に気に入られようと必死なのでしょう」

あ、ほら私じゃない。

気に入られようとしたことはないし、9歳の子供を見てそんな感想を抱く人もいないだろう。

「まぁ！　そうなんですの？　私は聖魔法ではなく良く効く薬を使って、その対価に無理な要求をしていると聞きましたわ」

薬は使っているけれど、対価を求めたこともないし、薬は先生から支給された一般的なものだ。私じゃない。

「まぁ～。では、偽聖女という噂は本当でしたの。やはり平民の方は図々しくって嫌ですわね」

平民？

平民で後方部隊はBクラス、Cクラスでは私だけだ。きっとSクラス、Aクラスにいらっしゃるんでしょう。私じゃ……ない。なんだか急に怖くなって「私と言われたわけじゃない」と言い聞かせながら逃げるように家に帰った。


「テルーちゃん、おかえりなさい」

「バイロンさん、ただいま」

ただいまという私の顔が疲れていたのか、バイロンさんは心配して「今日学校で何かあった？」と聞いてきた。

バイロンさん、鋭い。けれど私のことだと決まったわけでもない偽聖女の話をして、バイロンさんに心配をかけるのも気が引け、代わりに昼のナオとの話をした。

「実はナオから海街の人たちが貧しいって話を聞いたの。だから私の商会でシャンギーラの物を売ったらどうかと提案してみたんだけど、断られちゃった。いいと思ったんだけどな……」

私の話を聞いたバイロンさんは、「悩みがあるときは甘いものだよ」とミルクティーを用意してくれる。

バイロンさんの淹れてくれたミルクティーを一口飲む。

甘さと温かさがホッと染み渡り、なんだか落ち着く。バイロンさんの言う通り悩みのある時は甘い物みたいだ。

「それでナオミさんの話だけど、もしかしたら遠慮したんじゃないかい？」

私が一息ついたのを見計らって、バイロンさんが口を開く。

「遠慮、ですか？　友達なんだから頼ってくれてもいいのに……」

やっぱり私が子供だから頼りにならないと思ったのだろうか。

私はそう思ったが、バイロンさんの考えはそれとは全く違うものだった。

「うーん。友達だからじゃないかな？　海街は閉鎖的だし、差別する人もいるからね。だからこそテルーちゃんが好意で海街の商品を売っても売れないかもしれない。いや、むしろその可能性の方が高い。そうすると、テルーちゃんは損する訳でしょ？　大事な友達に高リスクなお願いなんてしたくない。だから断ったんじゃないかなぁ？」

確かに海街は特殊だ。だけどみんないい人だし、私は大好きだ。だからこそ何も思っていなかったけれど、海街への差別ってそんなに大きなものなんだろうか。

差別のことなんて考えていなかったし、テルミス商会で海街の物を売るのは思いつきだった。

でも、私は海街の人のことが好きだし、海街の物も好き。もっと広まってほしいし、貧しさからお店が潰れちゃうのは嫌だ……。

今バイロンさんと話して気がついた。「海街のために」と言いながら、結局は私のため。海街のお店がなくなるのが嫌だから。これじゃただのわがままだ。

そんなことに気づいて自己嫌悪する私に、バイロンさんは一人の人間なのだから私欲が交じるくらい当たり前だという。

「それに、私欲が交じっている方が今回はいいかもよ？」

私欲が交じっている方がいい？

バイロンさんの言葉の意図が分からず首をかしげる。

バイロンさんが言うには、海街に対して差別があるから海街の商品を扱うのは大きなリスクだ。だからこそ善意での申し出には申し訳なくて頼めないだろう。私との友達としての関係性だって変わってしまうかもしれない。それを考えるとナオは猶更《なおさら》頼めないだろうと。

「でもテルーちゃんが売りたいなら、テルーちゃん自身がお願いしたらいい。海街のためにではなく、あくまでテルーちゃんが売りたいからってことなら、同意がもらえるんじゃないかな？」

なるほど。そういうことは何も考えていなかった。

大事なナオとの関係を台無しにするところだった。

バイロンさんは再び落ち込む私を「テルーちゃんが海街もナオミさんのことも好きなのは伝わっているから大丈夫だよ」と慰めながら、来月末にある建国祭で屋台を出したらどうかと提案してくれた。海街の商品が本当に売れるか実験にもなるし、屋台ならハードルも低いから海街の人も参加しやすいのではないかと。

バイロンさんに相談してよかった。温かいミルクティーに癒やされ、海街の話に希望が湧いた私は偽聖女の話なんてすっかり忘れていた。


カランカラン。

「テルーちゃん、ナオミさんが来たよ」

「はーい！　ナオいらっしゃい！　バイロンさんもどうぞ」

今日初めてナオが我が家に来た。

海街で買った食材を使って食事を作るから、食べに来てほしいと招待したのだ。

「お邪魔します。今日はお招きいただきありがとう。まぁ、とっても素敵なおうちね。ここは？　もう調理場なの？　珍しい造りね」

家の3階は私しか住んでいない。今は貴族令嬢でもないから使用人もいない。

だったら自分の好きなように、使いやすいようにしてしまおうと、家の改装をするときに居間や食堂に続く壁を全て取り払い、調理場の近くに大きな作業台を置いた。

だから3階中央にある我が家の玄関から入って右側のドアをくぐると、どーんと鎮座している大きな作業台が真っ先に目に入る。この作業台は、下部が棚になっているので調理場の大きな収納であり、調理する台でもあり、勉強する机であり、食事をとる机でもある。

そしてさらに奥には、座り心地のいい一人用の椅子が二つとカフェテーブルが窓辺に並んでおり、ちょっとリラックスして本を読むのにとてもいい。

そこからは庭や通りが一望できるから眺めも良く、私のお気に入りだ。

ちなみに居間とは反対の左側は、使っていない空き部屋が一部屋と私の私室がある。

「僕までお招きいただきありがとう。へぇ～。中はこんな風になっていたんだ。珍しいけど、開放的でなんかいいね。はい、これ僕とナオミさんからお土産だよ」

「ありがとうございます！　ここのクッキー大好きなの。ふふふ。珍しいでしょ。普段は一人暮しだから、この方が楽なのよ。それに開放的で日当たりがいい調理場は、心が上向きになるの！　デメリットは、ついつい間食が多くなっちゃうこと。さぁどうぞ、ここに座って。準備はできているからお昼すぐ作っちゃうね」

二人には作業台の横に置いてある少し高い椅子に座ってもらい、話しながら料理をする。これもこの調理場のいいところだ。

待っている間、二人に飲み物を出す。出したのは、甘酒を牛乳で割った甘酒ミルク。甘酒も海街で買った物で作った。これを飲めば疲れも吹き飛ぶので、最近私は朝食と一緒に飲んでいる。

海街の物で作ったと言えば、目の前に置かれた真っ白な飲み物をバイロンさんは珍しそうに眺め、一口飲んだナオは「本当にこれが海街に？」とその甘さに驚いている。

「ええ。エリさんのところで買った物で作ったのよ」

ジャウジャウと小さく刻んだ野菜と腸詰めを炒めながら答える。

そう。今日二人にふるまうのはチャーハンだ。

手軽だが、ナオは粘り気が弱い米の美味しさがまだわからないって言っていたから、絶対にチャーハンを食べてもらおうと思っていた。

今日は勝手に海街感謝祭。海街で買ったあれやこれやで二人をおもてなししようと思っている。

「エリさん!?　醤油屋の？」

ちなみにエリさんというのは醤油屋の女将さんだ。

醤油と味噌を作っているなら、麹《こうじ》もあるかと思って聞いてみたら、売ってもらえるようになった。

だが甘酒作りは、思った以上に大変だった。

麹の芯が残ってツブツブしていたり、甘くなかったり。

結局温度管理が上手くできていないのだろうという結論に達し、空調の魔法陣を瓶に付与して、温度を一定に保てるようにしてようやくできるようになった。

「気に入ってもらえてよかった。私も大好きで、朝食の時に飲んでいるの。名付けて、甘酒……じゃなくて、甘麹ミルクかな？　そして、はい！　お待たせ。海街で買った粘り気が少ない方の米で作った炒めご飯だよ。召し上がれ」

「あら、すごくパラパラしているのね。海街でも小さく野菜を刻んでご飯に混ぜることはあるけれど、炒めたことはなかったわ。シャンギーラは油を自国で生産していないから、本当に高いの。だから油を使った料理って新鮮」

みんなでチャーハンを食べて、一段落つく。二人とも美味しい美味しいと言ってくれて、バイロンさんはおかわりまでしてくれた。海街感謝祭は今のところ大成功だ。

でも、私の本題はここから。

食後のデザート用に小皿を出し、事前に作っていたお菓子を瓶から出す。

きつね色をした小さな欠片《かけら》がころころと出てきたのを二人は興味津々で見ている。

「ふふふ。これも海街で買ったお餅で作ったの。まずは食べてみて」

「塩気が効いていて美味しい！　これはついつい手が伸びちゃうね」

ナオも美味しいと言って食べてくれる。餅を揚げて作ったと説明するとまた驚いていた。

「これだけ新しくて美味しいものを作れるなんてすごいわ」

「ありがとう。実はその件でナオにお願いがあるんだ。私ね……今日食べてもらった料理の他にも、こんなものがあったらいいなと思うものがあるの。もっとたくさんの人に知ってもらって、もっといろんなところでシャンギーラの物が食べられるようになったらいいなとも思っている。私が好きなだけでもしかしたら売れないかもしれないし、海街に多かれ少なかれ影響があるかもしれない。でも、このまま海街が廃れていくのは勿体《もったい》ないと思うの」

話していているうちに言いたいことで胸がいっぱいになってきて、早口になりながらなんとかナオにわかってもらおうと説明する。

「だから、私、あの、海街に活気がないと私が困るの！　海街の物が食べられなくなっちゃうなんて絶対に嫌。だから私が、私のわがままなんだけど……。私が欲しいものをシャンギーラの物を使って作っていいかな？」

上手く話せない私をナオは急かすことなく、口をはさむことなく、じっと聞いてくれた。

突然ナオが笑いだす。

「ナオ？」

「やっぱりテルーは海街が、いやシャンギーラが好きすぎるわね。そこまで言うなら、私の許可なんて要らないわよ。私は海街の領主ってわけでもないんだし」

「うん。でも、ナオは友達だからナオが嫌がることはしたくない」

そう言うと、ナオは虚を衝《つ》かれたように怯《ひる》み早口で話し出した。

「もうっ！　そういうこと平気で言わないでよね！　私も、手伝ってあげる。と、友達だから……」

バイロンさんはそんな私たちを見て「よかったねぇ」とニコニコしている。

その後、バイロンさんから提案してもらった屋台でこの揚げ餅を売りたいことを話す。

実際に売るときは、海街の乾物屋に売っていた海老や海苔をすりつぶしたものを混ぜてピンク色と緑色の揚げ餅も作る予定だ。

そうなると、米屋のアンナさんにピンクと緑の餅づくりをお願いしないといけない。

アンナさんは初めて海街に行った時ナオを呼びに行ってくれたおばあさん。あれから私が海街に行くたびに片言のナリス語で私に話しかけてくれ、もうすっかり顔なじみだ。

そんなことをナオに話せば、来週早速、海街でピンクと緑の餅の試作をすることが決まった。

そこで揚げ餅を試作して、そのままアンナさんに試食してもらって協力を依頼するのだ。

建国祭で屋台をするという新たな挑戦が始まるけれど、学校は相変わらず勉強漬けの毎日。

ただ今月末には初めて試験があるのでみんな少しピリついている。いや、みんなではないか。

逆に「必死に勉強して何になる？」と小ばかにした態度の生徒も一定数いるからだ。

きっと一生懸命なのがダサいみたいな感じだと思う。少し気持ちわかる……。

なりふり構わず一生懸命になるって意外と難しく、恥ずかしい。

もし一生懸命頑張ってもダメだったらと思うと怖くもある。

記憶があまりないから想像でしかないけれど、前世の私も少し怖いと思っていたんじゃないだろうか。頑張ってもダメだったら？　って。

そうやってほどほどの努力しかしなかったから、歳を重ねて、大人になって後悔したんだ。

もっと頑張ればよかった……てね。

だから私は頑張る。今世では後悔したくないから。

その他に最近変わったことと言えば、偽聖女だ。

偽聖女の噂は一気に学園を駆け巡った。絶対に私ではないのに、ナオが言った通り私のことを指していたようで、ひそひそと、時にあからさまに陰口をたたいてくる。

とにかくこういうのは気にしないように、陰口を聞かないようにするのが一番だろう。

ナオは私を守ってくれるつもりなのか、最近いつも以上に一緒にいてくれる。それだけで嬉しい。

時々一人になると、私の近くでバランスを崩してこける人がいる。

「大丈夫ですか？」と声をかけると、大抵赤い顔をして「大丈夫だ」と言って立ち去っていく。

多分私にぶつかって難癖をつけようとして、結界にはじかれているのだと思う。

悪意がないとはじかれないはずなので、わざとぶつかってくるつもりだったのだ。

よかった。護身用のアクセサリーを作っていて。

結界のおかげで実際にぶつかって難癖をつけられたことはないから、心のダメージも思ったより負ってない。多少はあるけどね……そりゃやっぱり。

だがその代わり、偽聖女の汚名と共に巨神兵なんていう意味の分からないあだ名もついているそうだ。

偽聖女にしろ、巨神兵にしろ。多分噂しているほとんどの人は私のことを姿、形まで知らないんだろうなぁ。だって私はまだ9歳だ。誰よりも小さい自信がある。それが巨神兵なんて、絶対私のこと知らないはずだ。

数ある噂を総合するとテルーという平民が偽聖女で、男をたぶらかし、よく効く薬の対価に無理な要求をして、巨神兵のように強く逆らえないそうなのだ。

もうなんなの？　この噂？

そして噂がされ始めたころの「傷跡がキレイに治る」云々はどこに行ったのだろうか……。

これでは偽聖女というよりも、ただの脅し屋だ。

そんな忙しくも平穏？　な日々に爆弾を落とした人がいた。魔物学の教師ヒュー先生だ。

いつもの通り後方部隊に配置されたのだが、最近みんな私に手当てをされたがらなくなった。

偽聖女と噂の人物だから当たり前と言えば当たり前なのだが、今まで手当てしてきた人にも避けられるのは疑問しかない。私が何も対価を要求していないことを知っているはずなのに。

その人たちまでも避けるものだから、事実無根なのに噂が全然消えない。

もちろん今日も私の周りには誰もいない。

今日の魔物は苦戦してないわね……。もうすぐ終わるかしら？

そんなことを思いながら、戦っている様子をぼんやり眺めていたらヒュー先生が近づいてきた。

「よぉ、暇そうだな。ちゃんと授業受けてんのか？」

偽聖女の噂で誰も来ないと言うと、ヒュー先生は顔をしかめる。

先生も噂は知っているようで、腕を組みながらうんうん悩んでいる。

「俺が渡した薬で対価なんて要求できねぇだろうし、できたとしてもたかが傷を治した程度で脅されても、平民のお前の方が潰されるだろ。男をたぶらかすってのも……なぁ。そんな年ごろでもないし、引っかかる男なんて……」

ヒュー先生が男をたぶらかすの部分で残念な子を見る様な表情でこっちを見てくる。どうせ子供ですよと複雑な心境になるが、誤解が解けるならいいかとも思う。

すると、ヒュー先生は思いもかけないことを言った。

「そうだな。平民のお前をやっかんで、変な尾ひれがついてんのはわかった。でも傷の治りがいいっていう噂は本当っぽいぞ。噂が出回ってから、俺もお前に処置された生徒を確認したからな」

え？　しかも同じ薬を使っているはずのアビー様と比べても私の処置の方が変な膿も出ず、治りがいいそうだ。

「ということで……お前授業受けていても暇だろ？　ちょうどいい。今から俺を処置してみろ」

「へ？　先生どこか怪我して……」

言い終わる前に突然ヒュー先生は、ナイフで腕に傷をつけた。

「ぎゃあー！　何やってるんですか！　いきなりナイフで腕を切る人がどこにいますか！　バカなんですか！　もう！　親からもらった大事な体に自分から傷つけるなんて罰《ばち》当たりですよ！」

びっくりして変な声が出ているけど気にしている暇はない。

赤い血がどくどく出ている場所に、水をかけ、止血し、薬を塗り込み、魔力でしっかり蓋をする。

「これで、よし！　もう無茶なことはしないでくださいね」

私の言葉を無視して、ヒュー先生が問いかける。

「おい。何で水をかけた？」

何を言っているんだろうと思いつつ、傷口に汚れがついていたら良くならないからだと答える。

大体先生だって水を用意していたじゃないかと指摘すると、飲む用の水だったらしい。

魔物との戦いに取り乱した生徒が、緊張もあってか水分不足で倒れるからと。傷の洗浄用かと思っていた。

「じゃあ最後にお前は俺に何をした？」

「傷口がまた汚れたり、どこかに当たって悪化しないよう魔力で保護しました」

「ふーっ。何で傷口をそんなきれいにしたがるのか、理論は俺にはさっぱりわからんが、多分これだな。お前が聖女と呼ばれる所以は」

ヒュー先生が特大のため息を吐き出しながら言う。

たったこれだけで？　と思ったら、こんな処置をする人は他にいないんだそうだ。

私に説明を終えたヒュー先生が声を張り上げる。

「お前ら見たか！　薬は特別なものではないし、処置の方法ももうみんな知っている。これで、もしテルーが何か対価を要求してきても、お前らは突っぱねることができるだろ」

気がつくと、既に魔物は倒され、授業を受けている全員から注目を受けていた。

何人かはバツが悪そうにしている。きっと私が処置した人だろう。そうか。偽聖女の疑いを晴らそうとしてくれたんだと感激していたら、まだまだヒュー先生の言葉は続く。

「わかったら、普通に授業を受けろ！　アビーとバーバラばかりに処置させていたら、二人に負荷がかかるだろ。せっかく後方部隊が3人いるんだ。分散しろ！　こっちは後方部隊の力も含めて、戦闘力を計算してお前らの授業の魔物を用意しているんだ。後方部隊の戦力が一人減ったら、今日みたいに魔物のランクも落とさなきゃなんねぇ。変な噂にふりまわされて授業妨害すんな」

確かに今日の魔物は簡単そうだと思っていたが、偽聖女疑惑で私が戦力にならなかったからだったとは。


週末、ナオが用意してくれた調理場はアンナさんの家だった。

「調理場まで貸してもらって良いんですか？」

「イイノ、イイノ！　オモチノオカシ、ワタシモキョーミアル！」

まだ片言だけど、アンナさんは初めて海街を訪れた時よりも格段にナリス語を話せるようになっていた。

アンナさんはすでに海老餅、海苔餅自体は試食したようで美味しかったと喜んでくれた。

この揚げ餅に使う海老と海苔のお餅は建国祭の時からアンナさんの米屋でも売り始める予定だ。

早速普通のお餅、海老のお餅、海苔のお餅をサイコロ状に刻む。

あとは油で揚げて、塩を振るだけだ。

ナオとアンナさんは美味しい、可愛いと盛り上がり、調理工程を初めて見たバイロンさんは「これなら人を雇える」と言っていた。

バイロンさんの「人を雇える」というアドバイスから、何人人を雇うか、お餅をどれくらいで売ってもらえるか、それなら商品の価格は……と話がどんどん進んでいく。

「テルーちゃん、どうやって売るかも考えないと。瓶詰め？」

「そうですよね……でも瓶だと持ち運びも大変だし、せっかく軽いから、串焼きみたいに気軽に食べ歩きしてほしいのよ。そしたら食べている人を見て、またお客さんが来てくれると思うし。だから紙で器を作って、その器に海街っぽい絵でも入れるのはどう？」

その言葉でナオが「これはどう？」とサラサラと亀の上に乗った女の子の絵を描く。

なんでもシャンギーラは別名海の宮殿と言って、案内役の亀と一緒でなければ辿り着くことができないという昔話があるそうだ。

絵も可愛く、海街っぽさもあると満場一致でその絵の採用が決まった。

「あとは最初のお客をどう呼び込むか……」

話し合いをしていると何やらお味噌のいい匂いがしてきた。

「チョット、キューケイ、ヒツヨウヨ！」

そう言ってアンナさんが持ってきてくれたのは、小さめのおにぎりと味噌汁だった。

「ありがとう。あぁ、いい匂いで、お腹空いてきちゃった」

そう言うナオの言葉でいいことを思いついた。

上機嫌でアンナさんから残っているご飯や味噌、胡麻《ごま》や木の実を借りる。

鼻歌を歌いながら、ご飯を擂り鉢で軽く潰し、ポシェットから出した棒にご飯をつける。

カラヴィン山脈ではよくこの棒に肉を刺して焼いたなぁ。よく作っていたから、使えそうな木の枝を溜めていたほどだ。その枝に、まさかご飯をつけて焼くことになろうとは。

棒の先に小判形につけたご飯を直火で焼く。表面が固くなったら完璧だ。

次はタレ作り。木の実、胡麻、味噌と砂糖を擂り鉢で潰しながら混ぜていく。

それを焼いたご飯に塗りつけてさらに焼く。

はぁぁー良い匂い。

「なになに？　美味しそうな匂い！」と目を輝かせるのはナオ。

「棒に刺さっているのがいいですね。食べ歩き向きですよ」というのはバイロンさんだ。

私が作ったのは五平餅。正確な作り方は知らないから、タレとかはこれから要研究だと思うけれど、やっぱりこの匂いはそそられる。そそられて屋台にフラフラお客が集まらないかな？

出来上がった五平餅は、大好評だった。

味はもう少し甘いのがいいとか、大きさはもう少し小さい方が食べやすいなど改善点は多々あるものの、ついついお腹が空いてしまうこの匂いと食べ歩きしやすい形状がいいと、屋台では五平餅と揚げ餅の二つを売ることになった。売り出すときの名前は串餅と花あられだ。

この日以降ナオと私は試験前ということで、放課後は一緒に宿題をし、帰る間際にお茶をしながら屋台について話すようになった。週末も1日は我が家に来て、一緒に勉強する。もちろん屋台についても話す。その中で、海街にある食事処にチャーハンを教えることも決まった。

屋台の影響で海街まで人が流れた時に食べてもらえたらなと思ったのだ。

ナオは申し訳なさそうにしていたけれど、海街が人気になったら、屋台の商品も今後手がける海街関連のお店も繁盛するのだから、問題ない。海街のみんなでお金を稼ぐのだ。

こんなに一緒にいるからプライベートの話もたくさんして、ナオとの距離はまたグッと近づいた。

ナオはもう私がライブラリアンだから隣国から逃げてきたことも知っているし、商会を持っていることも、元々男爵令嬢であることも知っている。

所作が綺麗だから薄々元貴族ではないかとわかっていたそうだ。

以前はできなかった兄様たちの自慢もできた。自慢しすぎたのか最近は「はいはい」と聞き流されている気もする。

第三章✴再会

はぁぁぁぁぁ。つ、疲れた。

今日は、前学期の試験の日。午前中は魔物学、薬草学、社会学と筆記の試験が続き、今はようやく最後の社会学の試験が終わったところだ。

魔物学は授業の半分は実技だったので、習った範囲が少なく、薬草学はハードな助手業をするうちにかなり知識が増えたので、どちらも問題ではなかった。どれもスラスラ解けた。

問題は……わかっていたけれど、わかっていたけれど、社会学だ。

他国のことも含まれていたが、入試の時のような知識を問う問題に加え「ナリス学園初等部についてあなたの意見を述べなさい」なんていう小論文まであったのだ。

疲れた。

この半年オルトヴェイン先生からレポートを添削され続けてきたので、ある程度書けた気はするけれど、ナリス語を大量に書く小論文は本当に疲れた。

試験勉強と並行してナリス語もかなり勉強したから、スペルミスも多分大丈夫なはずだ。

うん。きっと……大丈夫だ。

「テルー、お疲れさま。早くお弁当食べに行こう」

声をかけてきてくれたのは、もちろんナオだ。いつものように、東の庭園の奥でお弁当を食べる。

「試験どうだった？」

「とても疲れたけれど、多分大丈夫かな。小論文だってまぁまぁちゃんと書けたし、スペルも間違わなかったし……多分。魔物学と薬草学はできたと思う。ナオは？」

「ナリス語の勉強かなり頑張っていたもの。大丈夫よ。私も大丈夫だと思うわ」

一緒に試験勉強し始めて知ったが、ナオは頭がいい。絶対Aクラスにはいそうなくらいだ。

「何でCクラスなの？」と前から疑問だったことを聞けば、なんとナオは天候やトラブルのせいで船が遅れに遅れ、帝都に到着できたのが入試当日で1科目受験できなかったという。

それで入学できるのか。すごい。私なんて全科目受けて、Cクラスだったのに。

今回の試験、私は確実にCクラスを脱却するためにものすごく頑張った。

ここナリス学園では、半期ごとにある試験の成績でクラスが変わるからだ。

貴族から目を付けられないためには目立たぬようCクラスのままでいた方がいいのかもしれない。けれど、もう嫌だったのだ。Cクラスにいることが。

だって、偽聖女とひそひそ噂していたのは学園に通う生徒のほとんどだったが、ぶつかって来ようとしたり、明らかに悪意のある悪口を言ったりしてきたのはCクラスの人ばかりだったから。

同じクラスだったからより目障りだったのかもしれないけれど、同じクラスだからこそ噂が嘘だとわかっていたはずだ。それなのに噂に乗っかってきたところが、嫌だった。

だから頑張った。

そういえばデニスさんは「貧乏平民のくせに！」と言うけれど、偽聖女と言ったことはなかった。

やっぱりナオの言う通り、心配して声をかけてくれていたのかもしれない。


午後になった。午後は初級魔法学の試験だ。

この試験の後は、今学期最後のパーティが待っている。

順番に一人ずつ試験をするようで、一人、また一人と名前を呼ばれていく。

試験が終わった生徒はそのままパーティホールへ移動するらしい。だから試験の内容はわからない。何をするんだろう。順番……まだかな。ナオが呼ばれた。アビー様も呼ばれた。デニスさんも呼ばれたし、ジェイムス様も呼ばれた。私はまだ呼ばれない。結局順番は最後だった。

部屋に入ると奥にウィスコット先生がいた。

「最後はCクラスのテルーね。それでは、試験を始めます。これをどうぞ」

そう言って手渡されたのは、先が尖っていない針だった。

「その針には浮遊紙と同じ魔法がかかっています。浮遊紙のように魔力を込めると浮き、動かすことができます。それを使って、この輪の中を潜《くぐ》り抜けて、私のところまで届けてください」

先生の指さす方向を見ると、大小の輪が並んで浮いている。

私に近い方の輪は大きな輪。輪と輪の間隔も狭い。先生に近い方の輪は小さく、間隔も広い。最後の輪は本当に針に糸を通すような小ささだ。これは……難しそうだ。

浮遊紙の時と同様、針に魔力を込める。少し込めただけなのに、針はあっという間に天井近くまで行ってしまった。

この針!! ほんのわずかな魔力で発動してしまうんだ。消費魔力が少なすぎて、逆に難しい。

ぎりぎりと魔力を引き絞っていく。少し、また少し針が降りてくる。でもまだ高い。

もっと少なく、もっと……。一度出した魔力を絞るのは難しいと少しずつ魔力を引き絞るのをあきらめ、一気に魔力を全て魔力の器の中に押し込める。

魔力を回収するにつれ針が降りてくる。針を掴み、そして、もう一度初めから。

集中して、指先から糸のように細く、そして途切れぬよう魔力を込める。

針がふわっと浮いた。

そのまま、糸のように細く魔力を出し続ける。

大きな輪は問題ない。すっと通り抜けて、次の輪へ。一つクリア、二つクリア、三つ、四つ、五つ……。中くらいの輪も通り抜け、半分は問題なく通り抜けた。残るは小さい輪。

さすがに最後の輪はここからは遠すぎる上、とても小さく、通るべき穴すら見えない。

これは、ここから輪に通すなんて無理だ。

そんな当たり前のことに今更ながら気づき、糸のような魔力を維持しながら、先生に問いかける。

「先生！ 私自身は動いても良いのでしょうか」

「構いません！」

魔力を途切れさせぬよう一定に保ちつつ、小さな輪に近づく。

小さいと言ってもその中にも大小あり、最初の腕輪程度の輪と最後の針穴のような小さな輪の難易度は雲泥の差だ。

一息ついて、針を前に進める。

腕輪サイズはクリア、指輪サイズも近づけるのなら大丈夫。クリアだ。

そして最後の針穴。もう少し下、いやもうちょっと右……行き過ぎた！

消費魔力がほんのわずかなこの針は、少し気を抜けば糸のように細く引き絞っていた魔力が少し太くなり、針が大きく動く。

少し上に戻して、ゆっくり、慎重に……。針をまっすぐにして……よし！　先が通った！　そのまま、そのまま……。

だから最後の針穴を通すには、少しの揺らぎもなく一定に魔力を出し続けながら、針を操作しなければならなかった。

ようやく通り抜け、先生のもとへ。よかった。なんとかできた。

よほど集中していたのか額には汗が流れている。

「はい、これで試験は終了です。疲れていたら、そこのベンチで少し休憩してもいいですよ。この後はパーティですから、休憩が終わったらそのままホールへ行き、パーティに参加してください」

ほっとして、体が緩む。いつも押し込めている魔力も、疲れてちょっと垂れ流し気味だ。

つ、疲れたぁー。ベンチに座り、魔力を体中に巡らす。うん。気持ちがいい。なんだかリフレッシュする。糸みたいに少ない魔力を扱ったから、なんだか体がこわばってしまっていた。

やっと試験が終わった。頑張ったな。いっぱい勉強したし、実技もあれ以上はできなかった。うん。結果はどうあれベストは尽くした。

あとはパーティを頑張って、そしたら夏休みだ。


パーティ会場では、もうみんな飲み物片手に楽しんでいた。

私が最後だったからか、私の到着後すぐにイライアス皇子が挨拶をし、パーティが始まった。

「テルー！　遅かったわね」

「最後だったのよ」

「道理でね。はい、ぶどうのジュースよ。貴女はアルコールは飲まないのでしょう？」

ナオが私のために確保してくれていたジュースを手渡し、二人で試験終了を祝って乾杯する。

「ウィスコット先生の試験、思っていたより難しかったわ」

ナオのその言葉で話題は初級魔法学の試験になった。針に魔力を込めるのが難しかったとか、最後の穴の小ささなどで盛り上がっていたら、そこにデニスさんがお決まりのように「貧乏平民、目立つようなことしなかっただろうな」と言いに来た。

「デニスさん、いつもご忠告ありがとうございます。でも、もう大丈夫です。誰に何を言われても、私はちゃんとここを卒業しようと思います」

デニスさんはちょっと驚いた顔をし、ナオはニヤニヤしながらデニスさんに聞く。

「で、そっちはどうなの？　テルーばかりじゃないわよ。貴方《あなた》も最近先生方からの評価がいいじゃない。もうできない人のふりをするのやめたの？」

「なっ！　はぁぁぁぁ。だってかっこ悪いだろ。こんなちっこいのが、嫌みを言われてもめげずに頑張っているのに、他の貴族の子に目をつけられたくないからって適当にできないふりしているなんて。だから、今回の試験はちゃんと本気で受けたよ。君たちももちろん本気で受けたんだろ？　きっとみんな揃ってCクラス卒業だな。その……いろいろ嫌なこと言って悪かったな」

ナオの言っていた通り、デニスさんは忠告してくれていたらしい。少しバツが悪そうに謝るデニスさんに、気にしなくていいと伝えたくて、ナオから「私の心配をして忠告しているのでは」と教えてもらっていたことを話す。

デニスさんは「うわ。俺かっこ悪……」とがっくり肩を落とした。

その後試験がどうだったとか、建国祭で屋台を出すとか、そういうとりとめのない話を3人でしていると閉会宣言がされた。

こういうパーティの場に平民が長く残っていても変に絡まれるだけだと、閉会してすぐに私たちは帰路に就く。「それじゃあまたね」と挨拶をして。

いいな。「また」だって。

「テルーちゃんおかえり。試験お疲れさま。お疲れのところ悪いんだけど、ニールが来ているよ」

家に帰るとバイロンさんから予期せぬ来客を告げられた。急いで応接室に行くと、ニールさんともう一人男性がソファに座って待っていた。

「ニールさんお待たせして……」

挨拶の言葉が驚きで口の中に消えた。え？　なんで？　どうしてここにいるの？

「アルフレッド、兄様？　本物ですか？」

自分で口にしておきながら、信じられない。遠く離れたこのクラティエ帝国でアルフレッド兄様に会えるなんて。幻なんじゃないだろうか。

「え、お兄様ってどういうこと？」とニールさんが突っ込んでいるけれど、アルフレッド兄様に久しぶりに会えた驚きでその言葉は右から左へと通り抜けた。

アルフレッド兄様は「ちょっと黙っていろ」と、はなから説明する気がないようだ。

久しぶりに会うアルフレッド兄様は最後に会ったときより目に見えて大きくなっていた。10、いや20センチメートルくらい背が伸びたのではないだろうか。顔つきもどこか引き締まり、すっかり大人だ。アルフレッド兄様が言うにはマリウス兄様もかなり大きくなっているそうだ。

アルフレッド兄様は「元気でよかった」と安堵しながら私に近況を尋ね、私は久しぶりの兄様との会話が嬉しくて、最初に感じた疑問など忘れて授業のこと、友達ができたこと、建国祭で出す屋台のことなど次から次へと話していく。

話題が屋台になるとニールさんが突然興味を持った。バイロンさんと知り合いのニールさんはバイロンさんから話を聞いているようで、屋台で売る揚げ餅の名前を花あられにしたことまで知っていた。話はニールさんからオスニエル殿下とアイリーンまで届き、３人とも興味津々なんだとか。

一通り話して冷静になると忘れていた疑問が再び湧いてくる。

アルフレッド兄様はなぜクラティエ帝国にいるのだろう。

二人は随分親しげだが、知り合いなのだろうか。

久しぶりに会えた嬉しさで忙しく動いていた私の口が閉じると、一瞬場に沈黙が下りた。

この沈黙を切り裂いてニールさんが話すには、ニールさんとアルフレッド兄様は私を迎えに来たのだという。行先はアイリーンの所だ。

私が喜んでべらべらと話してしまっていたから、言い出すタイミングがなかったようだ。

疑問は全く解消されなかったが、行き先が宮殿ということで少し不安になる。

わざわざ宮殿に呼ぶのだからきっと何かあるんだ。良いことだったら良いけど、なんだろう……。

その何かを聞きたくとも、ここでは話せないようで「話は向こうについて」と言われてしまった。

「テルミス？」

アルフレッド兄様が心配そうに私の顔を覗き込む。

だめだ。やめよう、行けばわかることだ。考えてもわからないことで不安になるのはやめだ。

そんなことよりも兄様に会えたこと、アイリーンに会えることを素直に喜ぼう。

急いで、自室へ戻り、ニールさんから着るよう渡された服に袖を通す。紺色の簡素なワンピースだった。メイドの服だと思う。

何故メイドの服なのかと不思議に思いつつ、手土産の花あられを準備し、３人で宮殿へ向かった。

「ニールさん。この服って……？」

行きの馬車で聞いてみる。こちらは教えてくれるようだ。

「あぁごめんね。宮殿に入るのに、学園の制服のままだと何かと噂になるかもしれないし、その結果テルーちゃんに目をつける人がいないとも限らないから」

目をつけられる？

宮殿は、ナリス学園から案外近い。つまり、我が家からもそう離れておらず、すぐについた。

ニールさんが受付で手続きをし、初めて宮殿の中に入る。

宮殿に一歩足を踏み入れた途端、その美しさに自然と声がでた。

アーチ状の廊下の天井は、すべて繊細な彫刻で彩られ、壁にも複雑で繊細な模様が描かれている。

金や銀を使わずともこんなにも豪華で美しい。素敵……こんな場所に来られたなんて夢みたいだ。

先ほどまで感じていた不安もどこかへ去り、一気に心がときめいた。

私が感動している間に部屋についたようで、ニールさんは立ち止まり一つのドアをノックした。

「ニールです」

「入れ」

久しぶりに聞くこの声は、オスニエル殿下だ。ドアが開く。

「テルー、久しぶりだね。今日は急に呼び出してすまない」

「オスニエル殿下、アイリーン様、お久しぶりです。少し早いですが、ご結婚おめでとうございます。ニールさんから花あられが話題に出たと聞いたので、持ってきました」

オスニエル殿下は本当に花あられに興味があったようで、物珍しそうに眺めている。アイリーンは終始笑顔だ。私も身分が違うから旅をしていた頃のように気安く話せはしないが、久しぶりにアイリーンに会えて嬉しい。

「ありがとう。これがシャンギーラの品で作ったという花あられか。話を聞いてから気になっていたんだ。君、これをお茶受けにお茶の準備を。そうそう、今日呼んだのは、君に会いたいという人がいたからなんだ」

私に会いたい人？

室内を見ると、殿下とアイリーンの対面には3人の男性が座っていた。一人は屈強な青年、もう一人は見るからに位の高そうなおじさま、そしてもう一人は……。

「お父様！」

今日はなんて日だろう。アルフレッド兄様にアイリーン、ベルン父様にまで会えた。

「テルミス、こんなに大きくなって。元気そうな姿を見て安心した」

父様の優しい声で自分の気持ちを自覚して泣きそうになる。

クラティエ帝国の暮らしは大変だけど、友人もいて楽しい。けれど、一緒に暮らしていた家族とも、使用人や専属たち、孤児院の子たちとも……急に離れなければならなくなった。

私、寂しかったんだ。

そう自覚するとますます泣きそうになる。でもここで泣いたってみんなを困らせるだけ。

もう子供じゃないんだから。

泣くな、私。泣くな。

でも、泣くな、泣くなって思ったところで、いやそう思えば思うほどに涙は出てくるもの。

だから、ふーっと息を出して、にっこり笑う。

無理にでも笑っていたら、楽しい気分になるものだから。

楽しいから笑うのではなくて、笑っているから楽しいのよ。

「お久しぶりです。私もお父様の姿を見られて安心しました。ですが、今日はどうしてこちらに？」

「テルミスに話があってね。もちろん単純に会いたかったのもあって、オスニエル殿下とアイリーン様の結婚式に参列するメンティア侯爵についてきたんだ」

嬉しい。けれどわざわざ侯爵のお手を煩わせてまでの話なのだろうか？　手紙という手もあるのに。そう言うと、父様は首を振りちゃんと会って話をするべき話だと言った。「それに手紙で済ませたと言えばマリウスから怒られそうだしな」と笑って付け加える父様を見て首をかしげる。

マリウス兄様が怒ることなんてほとんどない。いや、前世を思い出してから怒ったところを見たことがあっただろうか。そんなマリウス兄様が……怒る？

そんな私たち親子の様子を優しく見ていたアイリーンが口を開く。

「ふふ。では、話の前に紹介してもいいかしら？　父のトレヴァー・メンティア、次期ベントゥラ辺境伯のギルバート様よ」

アイリーンに紹介されて立ち上がったアイリーンのお父様、メンティア侯爵は「娘の命を幾度も助けてくれて本当にありがとう。ずっと君に礼を言いたかった」と言って胸に手を当て、頭を下げた。今の私は平民だ。侯爵とは天と地ほど身分が違う。そんな人に頭を下げられ、慌てる。

助けたのは偶然だったと、旅の間は私の方が世話になったのだと言って頭を上げてもらったが、その後も侯爵は何度もありがとうと言って頭を下げた。

そして、入れ替わりに出てきたギルバート様も「君のおかげで私は生きている」と頭を下げた。

こちらは何にお礼を言われているか全く心当たりがなく、内心首をかしげつつ慌てて頭を上げてもらう。

話を聞くと、ギルバート様はスタンピードがあった時ちょうど砦村にいたそうだ。

地鳴りが聞こえてすぐ、私が村から去るときに施した結界が発動し、草が村を覆い尽くした。その後音や地響きがひどくなり、ようやく結界が無くなった時、砦村の外は辺り一面命あるものがすべてなかったという。

「君の草の防御壁がなければ皆死んでいた」とギルバート様は言った。

スタンピードの時のあの魔物たちが、砦村を……。

魔物のだらりと垂れたよだれ、血走った眼、結界に当たった時の「助けて」「許さない」といった声を思い出し、心が一瞬ぶるりと震えた。

短い間だったけどあの砦村のみんなはとても良くしてくれた。

よかった、守れたんだ。みんな……生きている。

ここに来る前は宮殿に呼ばれるなんて何事だろうかと不安に思っていたが、蓋を開ければどれも悪い話ではなくほっとした。

そう心が緩んだ時、父様が口を開いた。

「テルミス、いいかい？　私からも話がある。大事な話だ。お前を誘拐しようとした犯人が見つかったよ。犯人はドラステア男爵だ。奴は根っからのスキル至上主義者だからな。テルミスのスキルが気に食わなかったんだろう」

一度緩んだ心がぎゅっと縮んだ。

犯人は知っている人だった。

ライブラリアンは最低スキルで無能だと思われていることは6歳の時父様から教えてもらっていたけれど、スキルが気に食わないという理由だけで誘拐する人がいるとは思っていなかった。

頭で理解できても、本当にそんなことをする人がいるなんて信じられなかった。

父様の口から犯人の名前・動機を聞けば嫌でも思い知らされる。

私は世界に不要な存在なのだと。

うつむきそうになった時、父様が私をじっと見つめているのに気がついた。

だめだ。ここでうつむけば、心配をかけてしまう。心を引き締め、父様を見つめ返す。

それに気になることがもう一つ。レアのことを聞かなければ……。

無事を聞きたい気持ちと聞きたくない気持ちがせめぎ合う。無事見つかったなら、レアが犯人の一味なのか被害者なのかハッキリしてしまう。

レアには無事でいてほしい。だけど、レアも犯人の一味だったら……。

だが、そんな気持ちは父様にはお見通しのようだった。

「大丈夫だ。レアは生きてはいる。犯人の求めに応じて、確かにお前を呼んだ。だが、あれはレアの本心じゃない」

本心じゃない？　どういうことだろう。

父様の説明によると、レアは思考が緩慢になり、簡単なことなら言うことを聞いてしまう呪いのような薬を打たれたらしい。その薬は、副作用として、黒い痣ができるという。

黒い痣と聞いてハッとする。レアは昔から黒い痣が……あった。

私が息を呑んだことで、父様も私が気づいたとわかったようだ。

「レアは……昔もその薬を打たれていたのですか」

父様が頷く。

黒いからといって、ずっと呪いが効いているというわけではないらしい。

確かに孤児院にいる頃のレアは普通だった。ただ何かの拍子に表出するかもしれず、呪いがなくなったかはわからない。

「見つけた時のレアは胸だけじゃなく、腕や首も黒くなっていた。お前を誘拐するために薬を打たれたからだ」

そんな。私のせいで？　目の前が暗くなる。

私は、私のスキルは、一体どれだけの人に疎まれ、どれだけの人を傷つけているのだろう。

「よく聞いて。レアのことは不幸なことだけど、テルミスのせいじゃない。わかっているね？」

気づけばアルフレッド兄様が背中をさすり、父様が手を握ってくれていた。

アルフレッド兄様が言う理屈はわかる。

私は好きでライブラリアンになったわけではないし、悪いのは誘拐犯だ。

わかっている。だけど心情は別だ。

「聖魔法では治らないのでしょうか」

私のせいで薬を打たれたレアを何とかしたくて、悪あがきのように尋ねる。

だが、おそらく無理なのだろう。マティス母様が孤児院でレアに聖魔法をかけていたが、黒い痣は良くならなかったから。

思った通り父様が静かに首を振る。

発見後も聖魔法をかけたが痣はなくならなかったそうだ。痣があるだけで何もなければまだいいが、呪いが残っているなら心配だ。

何か……。何かできることはないだろうか。

フルスピードで考え始める私に父様が口を開く。

「安心しろ。さっきお前は自分のせいでと責めていたようだが、逆だ。レアはお前のおかげで助かりそうなんだ」

父様の言っている意味が全くわからない。

私のせいで黒い痣だらけになったのに、私のおかげで助かるってどういうことなのだろうか。

意味が分からず思考が固まってしまった私に説明してくれたのは、ギルバート様だ。

レアはギルバート様がしていたスタンピードの調査過程で見つかったそうだ。

驚くべきは、レアが見つかった場所の近くにウォービーズを飼っている施設があったこと。

魔物は昔アイリーンが言っていたように、人々を襲う。犬や猫、馬などのように人間になつくことはない。そんな危険な物を飼っていた？　なんのために。

その理由は分からないが、そこからレアの毒はウォービーズ由来の物ではないかとギルバート様は考えた。

冬のウォービーズの毒は死に至るが、それ以外の季節なら刺された箇所が赤黒くなり、思考が緩慢になるだけ。レアの症状にも似ている。

確かに、レアの症状は自分で思考できず、人の言いなりになってしまうものだ。黒くなるのも、似ている。ウォービーズの毒をさらに強めたということだろうか。

「先程、スタンピードの時に私があの村にいたのは話しましたね。そこで村長から貴女がアイリーン嬢を救った話も薬を作っていった話も聞いていました。それで、村から薬を取り寄せレアに服用させたのです」

あの村で作った薬は、アマルゴンを使った解毒の薬。

ウォービーズの毒を受けたアイリーンには効いたし、同じウォービーズの毒ならばレアも効くのではないだろうか。

良い結果を想像しつつも、恐る恐るギルバート様に結果を問えば、今はまだ胸のあたりの痣が残っているが、少しずつ痣がなくなっているという。よかった。

「そこでお願いがあるのです。アイリーンの恩人に、またもお願いしなければならないのは心苦しいのですが」

そう言って、またメンティア侯爵は頭を下げようとする。

メンティア侯爵によるとレアの他にも同じ症状の人が多く見つかっているという。問題は、あの薬がもう手元にない上、同じものを作れる人がいなかったことだ。

そうか、それで今回私が呼ばれたのか。

でも良かった。薬を作ることなら役に立てそうだ。

バンフィールド先生に指導してもらっているから、今ならきっと以前より良い物ができるだろう。

薬の生産を承諾し、納期について話し合う。

アイリーンの結婚式に来たメンティア侯爵は式の終わった二日後には帰ってしまう。

さすがに一人でそんな短期間に薬は作れないと思っていたら、2週間クラティエ帝国に滞在する父様が作り終わらなかった分を持って帰ってくれることになった。

「せっかく可愛い娘のところに来たんだ。少しくらい娘と一緒に暮らしたいじゃないか」というのが父様の滞在理由だ。

父様との会話が終わり、アイリーンが話しかけてくる。

「さて、もう堅苦しい話は終わりね。これからは様なんてつけないで。私、今日をずっと楽しみにしていたんだから！」

旅をしていたころのように、アイリーンは「久しぶりね、元気にしていた？」とか「学校はどう？」と話す。私も久しぶりに会えたことが嬉しくて「あのね、それでね」と話は尽きない。

私が花あられを手土産に持ってきたことから話題は建国祭になった。

アイリーンたちは屋台で出す花あられだけでなく、シャンギーラの食べ物がどう受け止められるか帝都の民の反応も興味があるようで、祭りの期間中買いに来るという。

さっきまでのシリアスな雰囲気が嘘だったかのように、楽しい会話が続く。

もしかしたら気を遣われているのかもしれない。先程聞いた話も、何か腑に落ちない。

今は楽しくて、どこが腑に落ちないかわからないけれど。全部は話してもらえていない。

そんな気がする。

「テルミス？」

アルフレッド兄様がこちらをのぞき込む。

「ううん。大丈夫」

私もしっかりしないと。心配かけちゃう。

私は私のできることをがんばろう。

さぁもうすぐお開きという頃になって、私はまだお礼を言えていないことに気がついた。

「殿下、アイリーン。本当にありがとうございました。家のこともそうですが、お二人の勧めで学園に通って、最初は貴族の中でやっていけるのだろうかと思いましたが、楽しくて。今は本当に通って良かったと思っています。ありがとうございました」

その後、再びギルバート様は「我が辺境伯領はいつでも貴女の味方をする」とお礼を言いに来たし、メンティア侯爵も別室に待機していた侯爵夫人と息子さんを連れてきて、改めて涙ながらに感謝を伝えられた。

急にたくさんのお礼を言われて、私はまたもあわあわしっぱなしで、隣にいる父様とアルフレッド兄様はそれを温かく見守っているだけだった。

不遇なスキルでも、誘拐されかけても、国を離れてもやっぱり私は恵まれているのだと思う。

こんなに優しい人たちが周りにいるのだから。


ベルン父様、アルフレッド兄様、そしてニールさんと家に戻ってきた。

「テルーちゃん、今日は急だったのにありがとね！　明日の昼に顔見せに来るよ。その時追加で必要なものとかあったら言ってね。とりあえず今日は男爵と一緒にゆっくり休んで」

「テルミス。色んなことを聞いたが、大丈夫か？　ベルン様は、館中からあれこれ持たされていたからお土産は本当に大量だぞ。楽しみにしているといい。俺もまたニールとともに明日くるよ。それじゃあ、おやすみ」

そう言ってニールさんとアルフレッド兄様は行ってしまった。

びっくりすることが沢山あって、兄様とあまり話せなかった。明日は話せるといいなと思う。

「テルーちゃん、おかえり。ベッドが届いているんだけど、どこに運ぶ？」

「バイロンさん、ありがとうございます。3階に空室があるのでそこにお願いします」

そうして殿下のご厚意で届けてもらったベッドを3階の空室に運び、父娘の共同生活が始まったのだった。


父様との暮らしは、意外にも平穏だった。

父様相手なら、魔法が使えることを隠さなくていいというのが大きい。

翌日父様が起きてくる前にあらかた薬草の処理を終わらせておこうと思ったけれど、袋から出して、薬草の状態を確かめただけで父様が起きてきた。

調理場の作業台は薬草だらけなので、窓辺のカフェテーブルに朝食を並べて父様と食べる。朝食を作る間に甘麹ミルクを出すと父様も気に入ったようだ。

さすがに皿洗いを守護《プロテクシオン》の一言で終わらせていたのには驚いていたので、一応いつもはちゃんと水で洗っていると弁明する。怠けているわけではないのだ。

今日はいっぱい薬を作らなきゃいけないから時短だ、時短。

父様は驚いただけで綺麗になるなら何でもいいと言ってくれたので、調子に乗って洗濯も守護《プロテクシオン》の一言で終わらせた。

魔法を使ってあらかた家事を終えると、やっと薬づくり。

父様は私が魔法を使うのが新鮮なようで作業台の横に置いている椅子に座って興味深そうに私の作業を見ている。そういえば、ドレイトで父様に魔法を見せたことはなかったかもしれない。

先ずはアマルゴンの洗浄からだ。昨日はとりあえず宮殿にあるありったけのアマルゴンを持って帰ってきたが、急だったので、処理済みの薬草は少なく、未処理の薬草ばかりだった。

バンフィールド先生の温室で作るなら、バケツに水を入れ、そこで一枚一枚丁寧に洗う訳だけど、ここは私の家で、見ている人は父様だけで、さらに言えばそんな時間がない。

だから……。

「守護《プロテクシオン》」

一瞬キラキラときれいな光が舞い、アマルゴンがきれいになる。

それを一枚、また一枚と葉と茎とに分ける。

なかなか重労働だが、これならできると父様も手伝ってくれた。

その次は大きめの瓶を見つけてきて、空調の魔法陣を付与する。瓶の中に葉を入れて乾燥させるためだ。今日はあいにくの雨だし、全部を自然乾燥させていてはメンティア侯爵の帰国に間に合わない。だから魔法を使って時短だ。ある程度瓶がいっぱいになったら蓋を閉めて、待つ。

待っている間はもちろん葉と茎を分ける作業が待っている。2時間くらい経つと葉がしっかり乾燥した。カラカラになった葉を取り出し、また瓶に葉を入れる。

カラカラに乾燥した葉は、触れるだけでもボロボロと壊れるけれど、それを擂り鉢でさらに粉にしていく。そして、再び。

「守護《プロテクシオン》」

今度は洗浄するために結界を張ったわけではなく、葉自体に付与している。

これでよし。

同じように滋養にいいと言われるゴイズの実もアマルゴンの葉と同じように洗浄、乾燥し、包丁を使って細かく刻み、命《ヴィダ》を付与する。

ゴイズの実を混ぜるのは今回が初めてだ。

砦村にはゴイズの実などなかったし、あの頃はゴイズの実の存在すら知らなかった。これはバンフィールド先生の助手業のおかげで知ったこと。今回ゴイズの実を混ぜたのは、その存在を知ったというのもあるけれど、この薬を飲む患者を診ていないことが一番の理由だ。

砦村に残した解毒効果のある薬が効いたのだから、同じようにアマルゴンの葉で薬を作ることは決まっていた。だがもしかしたらその人は体力を消耗しているかもしれないし、損傷を負っているかもしれない。

あの時は私とイヴが回復をかけ続けていたが、今回は現地に行くわけではないのだからそうはいかない。そこで考えたのがゴイズの実に命《ヴィダ》を付与すること。

これならある程度解毒と同時に自己治癒力も引き上げられるのではないかと思う。

昼頃ニールさんとアルフレッド兄様がお昼を持って顔を出しに来てくれた。

薬づくりに没頭するあまり、昼食のことを忘れていた。

薬の状態を確認してもらおうとできたばかりの薬を持ってくる。

「ニールさん、バンフィールド先生の温室には薬を鑑定するような機械があったんですけど、宮殿にもありますか？　ゴイズの実を使ったのは初めてですし、自分で使う薬でもないので、ちゃんと鑑定してもらえると安心です」

「うん。宮殿にもあるから、今から鑑定してもらってくるよー」

「テルミス、昨日の今日だぞ。もう出来上がっているなんて無理してないか？　何かできることがあったら手伝うからな」

アルフレッド兄様は心配してくれるけれど、メンティア侯爵が帰国するまでもう時間がない。ニールさんもそう思っているのかお昼とアルフレッド兄様を置いて、早速鑑定しに行った。

「兄様もう昼食食べました？」

「いや、まだだけど……気にしないでいいよ。どこかで食べてくるから」

「それならうちで食べていって。たくさん料理を持ってきてくれたから父様と二人では食べきれないもの。それに、兄様とも話したいと思っていたの」

最終的には押し切る形でアルフレッド兄様を食事に呼んだ。だが、3階の部屋は今薬草だらけ。

「ちょっと待って」と言いながら、薬草を隅に片付ける。

処理済みのものはこっち、あっちは付与前のもの……。

やっときれいになった作業台にニールさんからもらった食事を広げる。

久しぶりに食べたサンドラさんの料理はとても美味しかった。

何より久しぶりに会った父様とアルフレッド兄様と3人で食べられるのが、嬉しい。

昼食後は再び薬づくりに戻る。

窓辺では、父様とアルフレッド兄様が難しい顔をしてあれこれ話している。きっと2週間後の旅程なんかを決めているのだろう。アルフレッド兄様が来たのは父様の護衛だろうから、滞在中の護衛をどうするのかを話しているのかもしれない。

ニールさんはすぐに戻ってきた。

1階の応接室まで話を聞きに行ったアルフレッド兄様の話によると解毒薬は問題なかったそうだ。むしろ効果が高すぎて、出所を探られないようにするのが大変だったと言っていた。

それを聞いて思い至る。

オスニエル殿下とアイリーンは、私が五大魔法全てを使えることも、結界を張れることも、薬を作れることも知っている。

私を取り込んで、あれこれ働かせる権力もあるし、今の私は何の権力もない平民だ。

それでも私に何かを頼むことはない。

むしろ私の知らぬところで守ってくれているのかもしれない。

便利な道具のように使う人だっているだろうに。やっぱり私は恵まれている。

薬の効果に問題ないことが分かったので、追加で材料と薬を入れる瓶をニールさんに頼み、メンティア侯爵が帰るまでできる限り薬を作った。

頑張った甲斐あって、二日で依頼された薬の半量を作り終えることができた。

残りは父様に持って帰ってもらう。父様が帰国するのは2週間後。

まだまだ時間がある上、残りの薬も数日で作り終わるだろうから、父様とゆっくりクラティエ帝国で暮らせたらいいな。海街にも連れていきたいしね。ふふふ。


だが父様との楽しい日々はあっという間だった。

薬も作らなければならなかったし、ナリス語を話せない私を1年もの間、面倒を見てくれていたニールさんの家に挨拶にも行った。

私は建国祭も近づいているので、ナオとバイロンさんと屋台の準備もしなければならなかったし、父様はクラティエ帝国に知り合いがいるようで、何度か挨拶回りに家を空けた。

建国祭で出す屋台について、父様のアドバイスで騎士団に花あられを一緒に差し入れしに行ったこともあった。

父様は宮殿で会った時にシャンギーラが帝国になじめていないことを知り、そういう国の品物を扱うなら先に認知度を上げておいたほうがいいとアドバイスしてくれたのだ。

「花あられは塩気が効いていてやめられなくなる味だから、汗を流した騎士たちは好きだと思うよ。それで少しでも気にかけてくれる人がいたら、トラブルになった時に助けてくれるかもしれないだろう？　騎士たちに差し入れするのは一般的なことなのだから、町を守ってくれることに感謝して持って行けばいい。もちろん依頼ではないから必ず助けてくれるとは限らないけれど、こういう屋台が出ると知ってもらうだけでも儲けものじゃないか？」

それが父様の言い分だ。たしかに。これが根回しというやつなのか。

しかも騎士団まで一緒についてきてくれた父様は、差し入れ先の騎士様にさりげない娘自慢とさりげないセールストークをしていた。シャンギーラと聞いて少し顔が強張った騎士様も、父様と話すうちにすっかり笑顔を向けていたのには驚いた。

父様……そんな才能があったのか。

父様が私の魔法を見たことがなかったように、私も父様がどんな風に仕事をしているかなんて知らない。仕事ではないけれど、いつもとは違う父様の一面を見られてなんだか嬉しくなった。

そんなこんなで十日ほどが経ち、今私は父様とアルフレッド兄様と一緒に馬車に揺られている。

もちろんネロも一緒だ。

父様たちは私と違って、カラヴィン山脈沿いにクラティエ帝国に来たわけではなく、ミオル海を船で渡ってきたのだという。

船なんて……いや海なんて前世以来見ていない私は、父様たちの話に食いついた。

それを見た父様が「よし！　テルミスも一緒に旅行しよう！　テルミスに食べさせたいものも、見せたいものも沢山あるんだ」と言い出し、帰国に合わせてクラティエ帝国側の船着き場まで一緒に旅をすることになったのだ。

この旅で父様とアルフレッド兄様と一緒にいられるのも終わり……。そう思うとちょっと寂しい。ドレイト領を出発した時は、誘拐事件もあってバタバタと家を出てきたし、イヴも一緒にいたから寂しさも一気に引っ込んだ。

今回の旅は、一応クラティエ帝国にお客としてきた父様の帰国ということで護衛がついている。帰りはその護衛たちと帰ることになるので安全ではあるが、一人っきりで帝都に帰るのは寂しいだろうな。

そんなしんみりした気持ちになっていたのに、昼休憩に寄った町で美味しい料理を食べたら、満腹と疲れでいつのまにか父様の膝の上で寝てしまった。

だって、出発すごく早かったんだから。

「テルミス、おはよう。そろそろ町につく。ここは海が近いからね。魚介類が美味しいんだ。来るときに寄った食事処もとても美味しかった。宿を取ったら、すぐに食事にしような」

「ふぁい」

眠い。

宿についたころにはさすがに目覚めてきた。

夕飯は父様とアルフレッド兄様が夢中になったという魚のコートレットを食べに行く。

コートレットは魚にパン粉をつけて揚げ焼きにする料理だった。パン粉にはハーブやチーズが混ざっているらしく、とても美味しい。

「こっちも食べてみるといい」と言って父様が切り分けてくれたコートレットにはトマトのソースとチーズがふんだんにかけてあった。

それが本当に美味しくて。目を輝かせてしまう。トマトとチーズは最強だ。

「国境の町ビジャソルンでこのトマトのコートレットと同じような料理をいただいたのを思い出しました。あちらは山に囲まれた地でしたから、中身は鶏でミラネサというんです。国は違いますけど、地理的にクラティエ帝国と近いから料理法が似ているんでしょうか？」

「鶏のコートレットか。それも美味しそうだな」

今度作ってみましょうか？　そう言いかけてやめた。

今度なんてなかった。この旅が終わったら二人はトリフォニア王国に帰るんだった。

「テルミス？　そうだ！　デザートは要らないか？」

慌てて父様がフルーツを頼んでくれる。不自然に黙ってしまった私を気遣ってくれたのかもしれない。

また心配をかけている。ダメだなぁ、私。


次の日は朝早くから市場に行った。

朝の市場は活気があって、圧倒された。あちらこちらから声がかかり、大層にぎやかなのだ。

魚を狙ってやってきているのか、海鳥も沢山いた。

ペリカンが口の中でもぐもぐしているから、鳥って歯がないんじゃなかったっけと不思議に思っていたら、近くのお店のおばさんが、魚の向きを整えているのだと教えてくれた。魚の頭から呑みこむようにしているんだそうだ。

さらに市場を訪れた日は、ちょうどアトンという大型魚が釣れたらしく、広場でアトンの解体が行われていた。アトンは私一人余裕で丸呑みできるくらい大きな魚。

解体するアトンの周りは人だかりができ、すごい熱気だ。

解体を取り仕切っているおじさんは「ちょっと切ってみるかい？」と一人の観客に包丁を渡す。

渡された人は、体格の良い冒険者と思われる男の人。大きな剣を背負っていて、見るからに強そうだ。だが、その人がアトンを切ることは叶わなかった。背に背負っている自前の剣を力の限り振り下ろしても、切れなかった。

そして「切ってみるかい？」と誘ったおじさんは、釣った時の状況を説明しながら、何てことのないようにすっすっとさばいている。強そうな冒険者が切れなかったその包丁でだ。

アトンの鱗はとても硬い。それは知っている。だから冒険者の彼は切ることが叶わなかった。

でもならどうしてあのおじさんは切れるのだろうか？

曰く、おじさんはここら辺で代々続く漁師の家系で、アトンを捌く秘伝の技があるのだとか。だからアトンを捌ける唯一の一族がいるここでしか、アトンは食べられないと言っていた。

絶品だから食べていって！　と言ってショーを締めくくるおじさん。

解体ショーはもうお祭り騒ぎ。解体自体も楽しかった上、解体が終われば、切り分けた身を買う人たち、その場で焼いて食べる人たちで溢れかえる。

私たちもその場で焼いたアトンを食べてみた。

口に入れた瞬間、舌の上でとろけた。なにこれ……美味しい。

初めて知った。

私はライブラリアン。いろんな本を読んできた。

ペリカンだって、アトンだって名前はもちろん知っていた。だけどあんなふうにもぐもぐして、エサの魚の向きを変えるなんて知らなかったし、硬い鱗をあんなにもスムーズに切っていく技があるとは、しかもあんなにも美味しいとは知らなかった。

学園に入ったときも思ったが、世界には私の知らないことがまだまだたくさんある。

その後も船に乗ってイルカを見に行ったり、景色の良い高台に上ったりして楽しんだ。

明日はもう出発の日。寂しくないと言ったら嘘になる。けれど、仕方のないことだ。

そして翌日。

「テルミス。あまり本ばかり読んで、寝るのが遅くなってはいけないよ。ちゃんと食べるんだぞ。

またしばらく会えなくなるが、元気でな」

「はいっ！　お父様もお元気で。この2週間本当に楽しかったです。訪ねてきてくれてありがとう」

笑顔でにっこり挨拶できたはずだ。

そう。楽しいから笑うのではなくて、笑うから楽しくなるのよ。

「アルフレッド、後を頼むぞ」

最後に父様はそう言って帰っていった。

あれ？　アルフレッド兄様は帰らないの？

✴

船の上で娘との日々を振り返る。

楽しかったなぁ。

初めて来た娘の家は、小さいながら機能的な家だった。

階下に見知らぬ人が住んでいるというのは安全面が少し心配になるが、見たところ管理人であるバイロンという若者は良い人そうであり、テルミスを気にかけてくれている様子で安心した。

居間に行くとそこには大きな作業台があった。

部屋を間違ったか？　いや間違うほど部屋数もなかった。そう思い見渡すと、窓辺にある椅子に座り、娘が黒猫を抱いてぼーっと外を眺めていた。

やはり……。やはり来てよかった。

実はレアが見つかったのは、最近ではない。もう1年も前の話だ。

何度手紙でテルミスに話そうかと思ったことか。だがその度に、一人他国で奮闘する娘の姿が思い浮かび言い出せなかった。真実を話すべきかどうか悩み、まだマリウスが入学する前にポロリとこぼしてしまったことがある。

「テルミスにもちゃんと本当のことを話さなければとは思うのだが……」

「父様、全部話すのですか？　僕は反対です。話すとしても今はダメです！　誰かが一緒にいる時でなければ、テルミスは絶対思い詰めます。テルミスは賢いけれどまだ9歳です。強そうに見えても子供なのですから！」

マリウスが少し怒りながら反対してきたときにはびっくりした。

だが、今はマリウスの意見を聞いてよかったと思う。

宮殿でのテルミスは驚き、一瞬落ち込んだ時もあったが、すぐさま持ち直し、普通に会話していた。けれど、今外を見つめる娘のなんと頼りないことか。

すべてを包み隠さず話そうとしていた私は、全く親失格である。すべて話すということは、娘にもその荷を負わすことだ。あの子はまだ9歳。まだ子供だ。

テルミスと話すと時々大人と話しているのかと錯覚することがある。だからついつい大人同様に対応してしまいそうになる。だがそれは……親の甘えだな。

「テルミス！　面白い造りだな。ここは調理場か？」

まだ私に気づいていない娘に、声をかける。

夕飯時なので、空間魔法付きバッグから土産のパングラタンを出して夕食に誘う。

娘の顔が一気にほころんだ。

二人で夕食を食べ、デザートに新作の紅茶のプリンを食べる。その後はみんなからの土産物を渡す。洋服や、靴、プリンやパイという新作菓子の試作品までてんこ盛りだ。

私には娘に気の利いた言葉をかけることはできないが、土産物を出し、話をするだけでも娘の表情は明るくなっていった。

夜、疲れて眠ってしまった娘をベッドに運ぶ。当たり前だが、その寝顔はまだほんの子供。

「テルミス、今まで苦労させてしまってすまなかった。だが、これからは任せてくれ。おやすみ」

頭を撫で、部屋を出た。

やはり、まだこんな子供にあんなことは話せるわけがない。

あんなことは。


翌日起きてリビングに行くと、リビングはすごいことになっていた。

昨日取り急ぎ宮殿にある材料をありったけ持って帰ってきたのだが、娘はすでにその薬草の袋を開け、薬を作り始めようとしていた。

確かにメンティア侯爵は結婚式が終わったらすぐ帰ってしまうが、勤勉すぎないか？

ドレイトにいた頃は、メリンダが勉強の時間などを管理していると言っていたので、今回私がその役をせねばならないと思っていたのに。

そういえば、時間の管理はメリンダだったが、時間割を決めていたのはこの子自身だったな。

「おはよう、テルミス。早いな」

「お父様、おはようございます。ちょっと待ってくださいね」

そう言うと手を止めて、なにやら白い液体に白いものを入れて混ぜた。

何だこれは？

「お父様、これは甘麹ミルクという飲み物です。甘いですが、体にいいのですよ。お父様は旅でお疲れでしょうし、良かったら飲んでください。その間に朝食の準備をしてしまうから」

そう言って窓辺にあるテーブルに朝食の準備を始めた。

甘麹ミルク……。恐る恐る飲んでみた。うまい。確かに元気が出るような味だ。

そうこうしている間に朝食が出てきて、娘と一緒に食べる。

少し談笑したのちに、テルミスが皿を下げる。

さすがに皿くらい洗おうと思い、テルミスと一緒に皿を運んだ。

「守護《プロテクシオン》」

娘が聞きなれない呪文を唱えると、みるみるうちに皿が綺麗になった。何だ今の魔法は！

そういえば娘の魔法は見たことがなかった。こんなに高度な魔法を使えるようになっていたのかと驚いていると、娘が慌てだす。

「あ、いつもはちゃんとお皿を洗っているんですよ。ただ今日は薬をたくさん作らなきゃいけないと思って、他の家事を手抜きしただけで……」

「咎めていないよ。初めてテルミスの魔法を見たから驚いただけだ。綺麗になったなら水で洗おうが魔法で洗おうがいいじゃないか。テルミスはこんな魔法も使えるようになったのか、すごいな」

咎めていないとわかったら安心したのか、じゃあ昨日の服も魔法で綺麗にすると言って、私の服に魔法をかけていた。つまり、洗濯が終わったということでいいのか？　私は娘の補佐をしようと思ってきたのだがむしろ世話される事態になっていた。情けない。

その後「今日は時間がないし、人の目もないので、魔法で時短です！」なんて言って、昨日持ち帰った薬草すべてに先程の守護《プロテクシオン》をかける。これで洗浄が終わったらしい。

そして大きな瓶に何やら魔法陣を書き込んでいるので何をしているかと思えば、空調の魔法陣を付与しているという。目的を問うと、薬草を乾燥させるためだと即座に答えが返ってきた。

アマルゴンという薬草は乾燥した方が効能が高く、日持ちもするそうだ。

さらにその瓶に入れて持ち帰れば悪くもならないという。

「部屋に吊り下げて乾燥させたら時間がかかりますから」という娘の言い分を聞いて思う。

娘に依頼したから二日後に薬を持って帰れるが、普通なら無理だっただろうと。

あれほど大量の薬草を洗うだけでも一苦労なはずだ。

それと同時によどみなく薬草の特徴を答え、遠く離れたトリフォニア王国まで薬を運ぶ最適な方法を考え出す娘を見て、ドレイト領を離れたこの2年でどれだけの努力をしたのだろうかとも思う。

この年ごろの勉強なら、せいぜい学校の入試対策くらいだろうに。

娘は、乾燥させた葉を細かく刻み、さらに擂り鉢で細かく擦り、魔法をかける。

「命《ヴィダ》、守護《プロテクシオン》」

美しい。皿を洗ったときから思っていたが、娘の使う魔法は綺麗だ。魔法発動の時に一瞬キラキラと光るのだ。

さっきは空調の魔法陣を付与していた。

まだ見たことはないが、話によると五大魔法も使えるというし、薬の知識もある。

我が子ながら、とんでもない天才である。

だが、私は知っている。

テルミスは元々普通の子だったことを。

せっせと私の世話を焼き、薬を作っているといつの間にか昼になっていたようだ。

ニール君とアルフレッドが持ってきてくれた昼食を3人で食べる。

テルミスが片付けをして薬づくりを始めたので、窓辺でアルフレッドと話す。

「どうでした？　テルミスは」

「なんてことないように見えるが、ふとした時に思いつめているような顔の時がある。マリウスの助言を聞いて正解だった。この2週間は、あの子と楽しいことをしようと思うよ。私は、上手く慰めることはできないからね」

薬はすごいスピードで作られた。

メンティア侯爵が帰国するころには半量も完成していた。

その後はゆっくりできるのかと思っていたが、娘の暮らしはなかなか忙しい。

薬の他に屋台をするための準備があるし、夜は本を読んでいる。勉強をしているようだ。

私も何度か挨拶に回らねばならないところもあったので、出かけた日はたくさんお土産を買って帰った。

娘と旅行に行けたのは本当に良かった。

旅行中は、時折寂しげな顔をしていたが、初めて食べる食事、初めての景色、初めての経験に楽しそうだった。少しは気が晴れていたらいいのだが。

そして船に乗る時。

一瞬顔が曇ったような気がしたが、不器用にもにっこり笑って別れを告げる娘を見て、私は胸が張り裂けそうになった。

寂しいって言っていいんだ。誘拐されて怖かったって言ってもいい。

帰らないでって言ったっていいんだ。私も帰りたいって言ったっていい。

そんな弱音を……吐いたっていい。

この2年であったことは、まだ9歳の娘には大変なことばかりだったはずだ。

でも、娘は言わない。いや言えないのか。

自分の足で立つことが当たり前になっているのだ。

そして、そうさせたのは……私だな。

そう。娘は普通の子供だった。

時間を気にせず遊び回ったり、親に甘えたりする普通の子供。

変わったのは、きっとスキル判定後。

ライブラリアンの評価が良くないことは周知の事実だったので、テルミスがライブラリアンと知り、私も妻のマティスも娘の将来を悲観した。

この運命は並大抵の努力では覆せない……。

そう思った私はまだ6歳だったあの子にライブラリアンの評価、それからそのままたどるであろう人生を話すことにした。どんな人生を歩むか真剣に考えてほしかったからだ。

真剣に考えた結果、娘は私たちが思う以上に努力した。

今だって弱冠9歳だというのに知識も、魔法の実力も、どこに出しても恥ずかしくないほどだ。

だがそれは、娘の無邪気な子供時代と引き換えに得たものだ。

私は思う。

確かに娘は強くなった。貴族であろうと平民であろうと、暮らしていけると思う。

だが強くなったと同時に弱くなったとも思う。

私のしたことは間違いだったのではないだろうか……。

あの子はもう十分すごいのに、まだまだ頑張っている。

いつか心がポッキリ折れてしまわないように、どうか誰かに頼れる強さを、辛い時に泣ける場所ができるといいと思う。

第四章＊負けられない

アルフレッド兄様と私は、護衛たちと一緒に帝都に帰る。

「アルフレッド兄様、なぜクラティエ帝国に残っているのですか？」

「妹が心配で残った……ではダメかな？」

ダメかな？　と言う時点で、きっと違う理由なのだろう。

ではなぜ？　と思い、じっと兄様を見つめる。

根負けしたアルフレッド兄様がため息をついて話すには、兄様はもともとクラティエ帝国出身なのだそうだ。ニールさんの所に住んでいたこともあるという。

それを聞いてアルフレッド兄様のことを何も知らなかったのだと思い至る。

領内一の強さで、マリウス兄様の友達で、魔力操作が上手で、マリウス兄様や私を本当の兄弟のように大事にしてくれること以外何一つ知らない。

クラティエ帝国出身であることすら知らなかった。

アルフレッド兄様の雰囲気から多分この話はこれで終わりだ。でもいつか話してくれると嬉しいと思う。

「これからはずっとクラティエ帝国にいるの？」と聞かなかったのは、せっかく薄れた寂しさが戻ってきそうな気がしたからだ。「すぐに帰る」という答えを聞きたくなかった。

帝都に帰ってきた。建国祭まであと少しだ。

バイロンさんとナオと最終確認をしつつ、我が家の1階の共同の調理場と応接室を使って、串餅の仕込みをする。

後はタレを塗って焼くだけの状態まで準備だ。

花あられはすでに空調の魔法陣を付与した大きな甕のような瓶に入れてあり準備万端だ。

空調の魔法陣のおかげでしけらないから、早くから生産できたのが良かった。

ナオがデザインした亀に乗る女の子の絵が描かれた器ももう出来上がっている。

ちょっと苦戦したのはお土産用の瓶詰だ。

事前に作りたい。けれど、早くに作り過ぎたらしけりそうだ。

空調の魔法陣を付与することも考えたが、誰の手に渡るかわからないものに魔法陣を付与するリスクを考えてやめた。

単純に今どき魔法陣なんてと馬鹿にされるのが嫌だったというのもある。ちょっとだけね。

というわけで薬づくりが終わってからは、あれこれ本を読みあさって別の方法を探す。

それで、見つけた本が『消失魔法』だ。

この本は面白かった。

簡単に言えば、魔法を使って火や水を出すことができるなら、逆に火や水を消すこともできるのでは？　というのだ。

例えばろうそくの火を消そうとする。

もちろん水魔法で火に水をかけたり、風魔法で火を吹き消したりすることはできるけれど、そうではない。

同じ火魔法をろうそくに灯る火に対してかける。そしてその火をどんどん内側に、内側にこもるように縮小させる。これ以上縮小できないところまでくると、火は分解され、失われるのだそうだ。

これには、目から鱗だった。

ずっと私は何かを作り出すために魔法を使っていた。それなのに消すための魔法だなんて。

早速本に載っていたように、ろうそくの灯りで練習する。

ろうそくに灯る火に向かって、火魔法をかけ、自分の魔力を魔力の器に閉じ込めた時のように、意識してぐっぐっと内側に押し込めていく。

初めてやってみた消失魔法は、やはり初めてだから今までと勝手が違い、消費する魔力がとても大きく、10分もしたらくたくたになってしまった。

しかも、小指の爪ほどの大きさにまではなったけれど、ついに集中力が切れてまたもとの大きさまで戻ってしまったので、消失できていない。

失敗だ。

疲れたので甘麹ミルクを飲んで、練習を終わる。

今はメリンダがいないから、倒れたら最悪の場合孤独死だ。だから魔法の練習は慎重に。

翌日からは、練習するのにろうそくの火は対象が大きすぎると判断し、一滴の水で挑戦する。

昨日の感じだとゆっくり魔法をかけるより、一気に力業で押し切ったほうが良いのかもしれない。

そう思った私は、水滴に水魔法を強めにかける。

みるみる小さくなっていった水滴は、最後にぐっと力を籠めるとパンと弾けて消えた。

その後は土魔法でも練習し、できるようになったら、水の量、土の量を増やして練習した。

だんだんコツがわかってきて、一度に使う魔力も最初の頃よりかからなくなった。

ろうそくの火にも再挑戦するとできるようになった。

窓から入ってくる風に風魔法をぶつけると、一瞬無風になった。勿論風はずっと入ってきているから、私が風魔法をぶつけるのをやめた途端に再び部屋に風が入ってくる。

だいぶものにした私は、お土産用の花あられの瓶の中から水分を抜こうと考えた。

瓶に花あられを入れ、蓋を閉める。水魔法をかけようとするが、ここで問題が起きる。

見えない対象にどうやってかければいいのだろう？

これはかなり難航して、瓶の中の花あられを水浸しにしてしまうこともあった。

空気中にある水の粒を想像してみてもダメだった。目に見えないもの……どうしよう。

あーでもない、こーでもないと悩むこと三日。唐突に思いついた。

魔法をかける範囲は瓶の中と決まっている。

だから魔法をかけたあと、目で見るのではなく、魔力感知を使って魔法がかかった対象を認識できないかと。

「水《アグア》」

そのまま目を閉じ、魔力感知を展開。

最初は何も感じなかったけれど、もっともっと意識を集中させると瓶の中がぼんやり薄靄のように光っていた。

これだ。

でも私は知っている。この靄……つまり湿気は、もっともっと小さな水の粒の集まりだということ。もっともっともっと集中する。靄みたいなのが点描のように見えてきた。

点もどんどん小さくなり、目は開けていないのに目がチカチカするようだ。

私はその点一つ一つを内側へ内側へと押し込めていく。

一つ、二つ、三つ……あまりに小さい対象だからか押し込めるとすぐにパンと弾けて消える。

四つ、五つ、六つ……ふらっとめまいがして魔法が解除された。

はぁっ、はぁっ……。疲れた。

元貴族令嬢としては恥ずかしいとわかっているけれど、よろよろと作業台を背もたれに座り込む。

あー気持ち悪い。頭が揺れる。

これは……倒れる一歩手前かもなぁ。やりすぎた。初めての魔法は魔力消費が大きいのだ。

何か口に入れなきゃとか、誰か呼ばなきゃと思いつくものの体は動かない。

カランカラン。

来客のベルが鳴る。

誰かわからないけど、お願い入ってきて……。

「風《ヴィエント》」

なけなしの魔力でドアに向かって風をぶつける。

ドン！

ドアは開かなかった。

鍵をかけているから無理か。無駄なことしたなとそのまま意識を失った。


目が覚めると、白い天井が見えた。いつの間にベッドに来たのかしら？

どれだけの時間が経ったかわからないが、寝ていた分魔力も少し回復した。

それでもかなり魔力を使ったのは事実なので、何か口にしたほうがよさそうだと考え、ベッドを降り、ドアを開ける。

「ひゃっ！」

ドアを開けたら、まるで護衛のようにアルフレッド兄様が立っていた。

び、びっくりしたぁ。いつも一人だから、ドアを開けたら誰かがいるなんて思わない。

「テルミス！　大丈夫か!?　怪我は？　何があった？」

「え？」

とりあえず二人でキッチンに向かい、甘麹ミルクを飲む。美味しい。

そうして一息ついて、私の体調も戻ったところで兄様の尋問が始まる。

そして、倒れた原因が魔法の実験をしていたからだということがわかり、今盛大に兄様に怒られているところだ。

「何でそんなためらいもなく魔力を極限まで使うんだ。ちょっと疲れたなというところでやめないと危ないだろう。今回はたまたま俺がタイミングよく訪ねてきたからよかったものの、誰も気づかなかったらどうなっていたことか。テルミス！　大事な話をしているんだぞ。よく聞きな……」

アルフレッド兄様ってこんな風に叱る人だったのか。

これも初めて知った。

「はぁ。心配したんだぞ。部屋のドアがドンと鳴ってから、何度ベルを鳴らしても、声を張り上げても、中から物音一つ聞こえなくなって。嫌な予感がしてドアを蹴り破ってみれば、ここでお前は倒れているし。また誘拐されそうになったのかと焦った……」

「アルフレッド兄様、助けてくれてありがとうございました。あと、あの……心配かけてすみませんでした」

兄様によると私は丸一日眠っていたらしい。

それを聞いた私はというと、今回は早かったな、大したことなかったなと思ったのだけど、こんなに心配して怒ってくれる兄様を前に言えるわけがない。

誘拐されかけた時もスタンピードの時も三日かかったものね。

「次から新しい魔法の練習は、俺がいる時にしてくれ。わかったな。それで、どんな魔法の勉強をしていたんだ？」

「消失魔法という魔法です。火には火魔法、水には水魔法、風には風魔法、土には土魔法をかけ、その魔法をかけた対象の内側へ内側へと押し込めるんです。それ以上押し込めようがなくなったら、消える……そういう魔法らしいのです」

「なるほど」

そう言って兄様は顎に手を当て何やら思案し、徐《おもむろ》に立ち上がったかと思うと、甘麹ミルクと水を持ってきた。

そして水を少し作業台にこぼすとその水に手をかざし、少しためらうように考えてつぶやく。

「消える水《バニッシュウォーター》」

零した水はあっという間に減っていき、最終的に消えてなくなった。

アルフレッド兄様！　一発で!?

「確かに、これは中々疲れるなぁ」

そう言って甘麹ミルクを飲むアルフレッド兄様。たった一度で成功させた人が何を言っているんだろう。

その後私が倒れた原因である空気中の水分を抜く作業を兄様もやってみたのだけど、空気中に水分があるというのがいまいちピンとこないようで、その日はできないままだった。

うん。これもすぐできるようになられちゃ私の立つ瀬がない。

きっとあまり遠くない未来にできるようになっているのだろうけれど。

翌日からアルフレッド兄様に付き合ってもらって、瓶の中の湿気を抜く練習をした。

倒れる前に兄様によって強制終了させられ、甘麹ミルクを飲む。

そんなことを何度か繰り返し、倒れることなくある程度まとめて湿気を消すことができるようになった。

その翌日はさらにコツをつかんだようで、瓶内の湿気1割を消すこともできた。

これだけできるようになれば、土産用花あられの湿気対策は十分かと思い、商品に消失魔法を二度掛けしていく。

数をこなすうちに一度に2割の湿気を消せるようになったので、もっと訓練すれば一度にさらに多くの対象を扱えるようになるかもしれない。


そんなこんなでお土産用の花あられの準備もでき、建国祭三日前になった。

今日から三日間花あられと串餅を売りに売りまくる。

ナオも私も本当に売れるのだろうかという不安はあった。だがそんな不安も昼には吹っ飛んでいた。匂いで釣る作戦が大成功したのだ。

開店した時は、遠巻きに見ながら通り過ぎるだけだった人々が、タレを塗った串餅を焼きだすと足を止め、ぽつり、ぽつりと買う人が出てきて「ん～美味しい！」なんて声をあげてくれるものだから、なんだ？　なんだ？　と物珍しさに惹かれてどんどん人が寄ってきて、串餅を焼くスピードが間に合わなかったほど。

串餅が焼きあがるのを待つ間にと花あられを買ってくれる人もいて、イラスト入りの器を持ったまま他の屋台を見にあっちへこっちへ拡散したため、「あーさっきの子が持っていた可愛い器のお店見つけた〜！」とまたどこからか人がやってきた。

人が集まり目立ってしまったのか、昼頃「なんだ、あれ海の民の店じゃねーか」という大きな声が聞こえた。目を向けると、ちょっと嫌な感じの男がなにやらぶつぶつ悪態をつきながら、こっちに向かってくる。

ロゴがシャンギーラを想起させる絵だからか、黒髪黒目のナオがいるからか……。

隠すつもりはなかったけれど、トラブルは嫌だな。隣でナオも身を固くしている。

「大丈夫ですよ」

固くなる私たち二人に柔らかく声をかけてくれたのは、バイロンさんだった。

バイロンさんが目を向ける先を見ると、騎士様が歩いてきていた。

反対側にも目を向けるので、つられて反対を向くとそちらも騎士様が歩いている。人だかりで気づかなかったが、ここら辺は騎士様の巡回コースだったようだ。

男もそれに気づいたのか、こっちにまっすぐ向かっていた足をくるりと向け、雑踏に紛れてどこかへ行ってしまった。騎士様の抑止力すごい。

「テルーちゃんのお父様に感謝だね」

「はい」

騎士様たちは巡回だけでなく、交代でとる休憩時間中には買いにも来てくれた。

巡回中に串餅の香りで食べたくて仕方なくなったらしい。

「串餅二つと土産用の花あられを三つ頼む」

そんな中買いに来た二人に私は目が点になった。オスニエル殿下とアイリーンだ。

二人ともお忍びの格好はしているが……まさか本人が買いに来るとは。

「こんなに人気では海街の方に足を延ばした人も多いだろうな」

「ええ。そうだと嬉しいです。海街でも今日から新メニューのチャーハンが食べられますし、よかったら足を延ばしてみてください」

シャンギーラがあまり馴染めていないのを気にしていたから、今回この屋台の人気に殿下は満足気だ。アイリーンもニコニコで「またね～！」なんて言って去っていった。

新婚さんは幸せそうだ。

それから三日間、私たちは串餅も花あられも売りまくった。

二日目には準備していた分を売り切ってしまったので、慌てて最終日の分を生産したくらい。

ナオに声をかける人も続出したけど、その都度手伝いに来てくれたアルフレッド兄様とバイロンさんが追い払ってくれた。

多分この驚異的な売り上げは、ナオの看板娘パワーもあると思う。

海街へも人が流れたようで、花あられの原料である緑とピンクの餅も、醤油や味噌などの調味料もよく売れたらしい。

何より食事処で提供しているチャーハンは、話題になって二日目からは長蛇の列になったとか。

今は海街の食事処で屋台に関わってくれたみんなと打ち上げ中。

大人たちは飲めよ、歌えよ、踊れよの大騒ぎ。私もジュースを飲んで、一緒に手を叩いて、大きな声で笑って、ナオの手を取って下手なステップを踏みながら大騒ぎだ。

よかった。屋台ができて。大変だったけど、すごく楽しかった。

こうして私のクラティエ帝国での夏は過ぎていった。


あっという間に夏休みは終わり、新学期になった。久しぶりに来る学園にどこかそわそわする。

「テルー、おはよう。もうクラス見た?」

「まだ!」

そうだった。試験結果はどうなったのだろう?

ナオと二人で中庭へ行く。そこは一際ザワザワと騒がしかった。

デニスさんが私たちに気づいて駆け寄ってきた。

「二人ともおはよう! みんなCクラス脱却だな。まだ見てない? じゃあまず自分で見て……」

「不正だ!」

中庭中に響き渡る声にデニスさんの言葉がかき消された。声の方に目を向ければジェイムス様を中心に何人かの学生が、声高に誰かの不正に抗議していた。

「あぁ! そうに違いない!」

「こんなこと前代未聞だ!」

「不正をそのままにしていいわけがない! 学園側にはそれ相応の対応をしてもらわねば!」

なんだろうと思いつつもクラス発表を見にいく。

その途中でジェイムス様集団に見つかり、いつの間にか行く手を遮られた。

「お前らの不正はもうわかっている。ここで謝罪すれば、退学くらいで済むよう取り計らってやってもいいが？」

ナオが否定したけれどジェイムス様たちは納得いかないようで、「しらばっくれるか」と口々に言い募る。

多分私たちのクラスが彼らより上だったのだろうと思うけれど、まだ発表を見ていない私たちは責められつつも何クラスだったのだろうという興味ばかりが大きくなる。

「私たちまだ発表を見ておりませんので、失礼しますね」

「待て！」

そう言うと取り巻きが私の腕を摑んだ……と思ったら、そのまま前に転んだ。結界があるからなのだが、はぁ、また巨神兵って呼ばれるな。

「何を騒いでいる！」

そこに生徒会長でもあるイライアス皇子がやってきた。

さすがに皇族の前では騒げないのか、ジェイムス様たちは「い、いえ……」と口ごもった。

「何もないなら、もうすぐ授業が始まる。解散するように」

その言葉で生徒の大半が教室へ向かった。

中庭から人が減るにつれて掲示内容が見えてくる。

やっと発表を見て驚愕した。クラスはナオも私もAクラスだった。だが驚いたのはそれではない。実技、筆記それぞれに優秀者の名が張り出されているのだが、筆記は5位、実技1位に私の名前が書いてあったことだ。

「テルー、すごいじゃない」

そう言うナオも筆記4位に名を連ねている。だからか……。だから不正だと叫んでいたのか。Cクラスの平民が筆記5位、実技1位なんて、海の民と蔑んでいたナオが筆記4位なんて認めたくないわよね。

皇子たちが去るとデニスさんが来た。心配してくれていたみたいだ。デニスさんもAクラス。みんなでCクラス脱却を喜んだ。

Aクラスは静かだった。

初めてCクラスに行ったときは騒いでいたり、寝ていたりとすごい状況だったけれど、ここはみんな静か。制服を着崩している人もおらず、一見すると真面目そうな人が多かった。

いや真面目というだけでなく、さっきの騒ぎがあったから様子を見ているのかもしれない。


Aクラスになって、平穏な日が続いた。

積極的に仲良くしてくれる人はいないけれど、誰も私たちのことを悪くは言わない。睨んだり敵意を感じたりすることもない。

変わったのは食堂が近くなったので、週に数回はお弁当ではなく食堂で食べるようになったこと。

食堂で食べているとジュードさんに声をかけられた。

ここ半年見なかったからすぐに退学したかと思っていたらしく、かなり驚いていた。

「貴族たちの中でちゃんとやっていけているのか？　少し前も平民の子の偽聖女とかいう悪い噂があったから気をつけろよ」

「それ……私です。でも事実無根ですし、ヒュー先生が収めてくれたのでもう大丈夫です」

「もう目をつけられているじゃないか」

そうかもしれない。そんな話をした数日後。

今日は薬草学の助手のため温室に来ている。すっかりお決まりになっている傷薬を作り、授業で使う薬草を洗う。バンフィールド先生は、誰かが訪ねてきたようで温室の外で話している。

温室に戻ってきたバンフィールド先生によると、クラス発表の影響で助手希望者が殺到しているそうだ。

「助手にさえなれば、成績が上がるとでも思っているんでしょ。初歩的な質問にも答えられない子に助手が務まるわけないじゃない」

バンフィールド先生にとっては残念ながら、助手を希望してくる生徒はやる気だけはあるが、知識量が先生の基準に達していないようである。

半年通ってわかったが、学園の先生たちは過剰に誰かをひいきしたりすることがない。

平民である私も貴族である他の学生も等しく扱ってくれているから。

大変だと思っていたバンフィールド先生の助手業も学びが多くていつの間にか好きになっていた。

新しい助手が来たら、私はもうお役御免なのだろうか。

そんなことを考えながら、温室を出る。

温室を出て少しすると、ジェイムス様とその取り巻きがいた。

何か嫌な予感がする。

「どんな手を使ったんだ。イライアス皇子にまで手を回すなんて」

私の姿を見た途端に文句を言うジェイムス様たち。まだ不正を疑っているのか……。

「不正などしておりません。ましてや私はただの平民。手を回す権力なんてありません」

「不正でもなければ、貴様が1位などあり得ない。お前が認めさえすればいいんだ」

また手を掴もうとするが、結界に阻まれて取り巻きの一人が転び、拘束しようと近づいたレスリー様も、結界に阻まれ尻もちをつく。

足は遅いけれど、結界がある私を悪意のあるジェイムス様たちが捕まえることはできない。それなら強行突破で進もうかな……と思いながらふと後ろに目をやりゾッとした。

結界に阻まれ、尻もちをついたレスリー様の顔が憤怒に塗《まみ》れ、その手に大きな魔力が渦巻いていたからだ。

「火球《ファイアーボール》!!」

彼の手からまさに火が放たれようと、渦巻いていた魔力が火に変わる。ここでこんな火を放てば、大火事になる。

敷地の隅にある温室の周りは、人気がないが、木や植物は多いし、研究棟も近い。

研究棟で何を研究しているかなんて私にはわからないけれど、可燃性のものがあったら？　危険な物質があったら？

火を消さなければ危ないと若干パニックになりながら、必死で頭を巡らす。

そして思いついたのは、この夏休みにたくさん特訓した消失魔法だった。

火《フエゴ》。

抑え込め、もっと小さく。もっと……もっと！

彼から放たれた火は私に届く前に消えていた。

「魔力切れか？」

結構な火の大きさに若干引き気味のジェイムス様が安堵の息を吐いた。ジェイムス様自身はそこまでする気はなかったらしい。

「何をしている！　こんなところで火を放つなど愚か者が。爆発したら、誰一人助からないぞ」

声のする方を見れば、前髪が顔に半分かかった男性がこちらを見ていた。

「まぁいい。お前らの処分は学園側に訴えよう。ついて来い」

学園の応接室で待っているとオルトヴェイン先生がやってきた。

「すまんな、ユリウス。手間をかけた。悪いけどお前も事情聴取に付き合ってくれないか？」

私は別室で待っている。

先にジェイムス様たちから事情を聞いているのだ。私は今更になって、今の状況が怖くなった。

ジェイムス様は伯爵家の子供だし、火を放ったレスリー様も男爵家の子。

他にも子爵、男爵家の子が4人はいた。高位貴族でないとはいえ、貴族は貴族。

それに引き換え私は平民だ。

ドキドキと不安が入り乱れながら、一人待つ。

一人になってどれだけ時が過ぎただろうか。

真っ青になりながら待っていると、オルトヴェイン先生と先程間に入ってくれたユリウスという人が来た。

「あ、あの……」

「ん？　あぁ大丈夫だ。レスリーが君に火を放とうとしていた所をユリウスが見ているし、クラス発表の時もあの集団は君に暴言を吐いていただろう。君が被害者なのはわかっている。まぁ、一応何があったか君の口からも聞かせてもらうけど」

そう言われて、温室を出てジェイムス様たちに不正を認めろと絡まれたこと、手を摑まれそうになったり、拘束されそうになったりしたこと、火の魔法を放たれたけど途中で消えたことを話す。

取り調べ自体は呆気なく終わった。

間に入ってくれたユリウスさんが火を放つところを見ていたのが大きかったようだ。

よかった。お咎めなしだ。

逆にユリウスさんが見ていたのは火を放つところだけ。それ故に実際に火を放ったレスリー様は退学処分になっているが、他の人たちは彼ら自身「攻撃する気はなかった」と罪を認めていないこともあり、口頭注意で済んでいる。これを機に絡んでこないといいなと思う。

せっかくCクラスを脱却したのだ。Cクラスの人たちに煩わされたくない。

「助けていただきありがとうございました」

「いや、私は何も助けていない。君自身の力だろう。名前を聞いてもいいかい？」

じっと見つめられ、背筋に嫌な汗が流れる。何か見透かされているような……そんな。

ん？　君自身の力？　やっぱりバレている。バレたのは結界の方か消失魔法の方か……。

拘束されそうになったときは、結界ではなく避けたことにしたし、火球《ファイアーボール》も消失魔法を使ったことは話していない。この人はそれが嘘だとわかっていながら、あの場で追及せず黙っていてくれたようだ。

「テルーと申します。本当にありがとうございました」

別に悪いことをしているわけではないけれど、魔法を使えるのを隠している身としては黙っていてくれたのはありがたい。黙っていてくれてありがとうの意味が通じたのか、ユリウスさんは黙ってうなずいた。

あれからジェイムス様たちから何かしかけられることはなくなった。

時折憎しみがこもったような視線を投げかけられることはあるけれど、実害はない。


初級魔法学の時間。

前期の授業は、浮遊紙を飛ばせたり、魔石に魔力を込めたりと魔力をコントロールする授業ばかりだったのだが、今期は違う。

生活魔法を教えてくれるという。

「今から教えるのは、生活魔法。生活魔法はユリシーズ殿下が開発された魔法で、習得までに個人差はあるものの皆が使える魔法です。私も魔法を教えている身ですが、魔法に関してはまだまだ分かっていないことが沢山あります」

使える魔法はスキル鑑定で鑑定されたスキル一つだけというのが常識だが、ユリシーズ殿下のように誰もが使える魔法を開発する人もいるし、自らのスキルを高め付与魔法使いではないのに自らのスキルを剣に付与して戦った人もいるらしい。

つまり、魔法にはまだまだ可能性がある。

そうウィスコット先生はいつになく熱く語っていた。

付与魔法使いでもないのに自分のスキルを付与……か。

私も付与魔法使いではないけれど付与することはできる。だが、それは魔法陣を使ってだ。

たくさん練習したものは魔法陣なしでも使えるけれど、先生がおっしゃっていたのは、魔法陣なしで付与できるようになったということだ。どういうことなんだろう。

スキル判定で受けた魔法しか使えないのではなかったの？

うーん。考えているうちにも授業は進む。今日の授業は屋外だ。

ウィスコット先生の前にも生徒の前にも、落ち葉や木の枝が準備されている。

「それでは皆さん、しっかり見ていてね」

そう言ってウィスコット先生が落ち葉の山に手をかざす。

「火花《スパーク》」

バチッと一瞬だけウィスコット先生から火が放たれ、焚火ができた。

なるほど。

一瞬だけ火を出す魔法。火起こしする必要がなくなるということか。便利。

「先程私が見せた魔法を思い出しながらやってみて」

そう言うとあちらこちらから呪文が聞こえてくる。

私もやってみる。落ち葉に手をかざし、一呼吸。

「火花《スパーク》」

ウィスコット先生のようにパチッと一瞬だけ火が放たれ、焚火ができた。できた……。

古代語じゃない、魔法陣じゃない魔法が……できた！　すごい！

「さすが実技1位ね。お上手よ。テルー」

ウィスコット先生にも褒められた。ここで今までなら他の生徒からジロリと睨まれるところなのだが……睨まれない。みんなぽかんと見ている。

「やはり不正なんかじゃなかったのね。負けられないわ」

誰かがそう呟《つぶや》いて、みんなより一層魔法の習得に励み始めた。

すごい。本当にCクラスを卒業してよかった。

平民のくせに！　と蔑むばかりだったCクラスの人に対し、負けられないと頑張るAクラス。Cクラスから Aクラスに上がる人がほとんどいない理由が分かった気がした。

ちなみにスキルが火だったデニスさんには簡単だったようだが、スキルが水のナオは大苦戦で今日の授業でできることはなかった。

習得に個人差があるというのは、スキルとの相性ということなのだろうか？

初級魔法学は実際に魔法を使うようになったし、現在わかっている範囲ではあるが魔法についての知識というか魔法の歴史のようなものも教えてくれるようになった。

曰く、バンフィールド先生が使っている薬の鑑定をする魔導具も本来は鑑定スキル（薬）の人が作ったそうだ。

付与魔法使いではないのに、物体に魔法を付与できるなんて！　と当時は大騒ぎになったらしい。

その後自分も付与ができるのではないかと魔法の訓練を積む人が続出したが、結局付与できたのは先述した火魔法を付与した剣だけだったとか。

また薬だけとはいえ鑑定の魔導具が大騒ぎになったのは、付与魔法使いで鑑定魔法を付与できるものがいなかったからでもある。

付与魔法使いは何でも付与できるわけではなく、付与魔法使い（火）、付与魔法使い（水）というように限定的であり、付与魔法使い（鑑定）なんて人は今までいなかったのだ。

現在その鑑定具を作った人はもう亡くなっており、現存する鑑定具は宮殿にある鑑定具と個人的に友達だったというバンフィールド先生の鑑定具だけだという。

その他の授業もほんの少しずつ難易度が上がったように感じる。

魔物学はＡクラスになって周囲の攻撃力が上がったからか、Ｄ、Ｅランクの魔物なら２、３人につき1体で、Cランクの魔物なら全員で3体。

私はもちろん後方部隊だが、どんなにグループが分かれていようと私は全員を見なければいけない。Aクラスは全員が火、水、風、地のいずれかのスキルのようで、後方部隊は一人だけだ。

大怪我があった時に対応できないので、一人学園所属の聖魔法使いもすぐ出動できるようにはしているらしいが、一人で全員の怪我を手当てするのはなかなか大変だ。

そういえば、Cクラスの時はBクラスと合同だったけれど、AクラスはSクラスと合同ではない。なんでもSクラスというのは、特別なのだとか。

Aクラス以下は試験の順位で上から順番に振り分けているが、Sクラスは筆記も実技もある基準値を上回らないと所属できないという。だからどれだけ学年一位でも基準値を上回らなければ所属できないため、所属人数0人という年もある。

薬草学も前期は単純に扱いやすい薬草だけだったが、魔草と呼ばれる植物も取り扱うようになった。この魔草というのは厄介で、切れ味鋭い葉を飛ばしてきたり、幻覚作用のある花粉をまき散らしたり、素手で触ると火傷《やけど》したりと扱いづらい。

言うまでもないことだが、助手業はさらに大変になった。

体術も馬に乗りながら弓を引いたり、模擬戦方式になったりと確実に難しくなっている。

私は隅でまだ体力づくりだけれど……。

社会学だけは前期からさほど変わらないが、これは元々容赦ない授業なのでこれ以上手加減なしにしたら死ぬと思う。

週末はアルフレッド兄様が訪ねてきて、一緒に食事をしたり、魔法の訓練をしたりする。

そう。夏休みが終わっても、アルフレッド兄様はクラティエ帝国に残ってくれた。

学校はいいのかと聞いてみたが、もうあの学校で学べることはないから大丈夫だと言っている。

それならナリス学園に通うのかと思っていたら、兄様はいつの間にか騎士団に入団していた。

今後は寮生活となるらしい。

確かに兄様は強いけれど……いいのだろうか？

騎士団は学歴重視ではないから、早いうちから訓練や討伐に参加して実力をつけたほうがいいというのが兄様の話だ。

そう……なのかもしれない。

✴

あの日俺は聖女様に会った。

あの日は初めての魔物との戦いでみんな緊張していた。もちろん俺もだ。

だが全く反応のないウィプトスにいつの間にか緊張は解け、ただただ攻撃するだけになっていた。

それが突然、ウィプトスが首を振り回し始め、いつの間にか俺は訳もわからず地に這いつくばっていた。

いてぇ。

何が起こったかわからず、ただ地面を見ていたら、突然風が吹き抜けるように声が届いた。

「動ける人は自力でこちらまで来てください！　他の皆さんも手を貸してください！　倒れた人をこちらに運んで！」

その声でようやく周囲の状況が目に入ってきたと同時に恐怖した。

地面ばかり見ていたが、振り返ると未だウィプトスは首を振り回し続けており、正に俺の近くに振り下ろされるところだったのだ。

急いで体を翻して首をよけ、よろよろと怪我人が集まっているところへ行く。

そこでは誰よりも小さな少女が、誰よりも懸命に働いていた。

服が汚れるのも構わず、膝をつき、怪我を確認している。

その怪我人は腕が折れていたのか、怪我の程度が薬で治る範疇《はんちゅう》を超えると判断するや否や聖魔法使いのバーバラ嬢を呼ぶ。

その声につられてバーバラ嬢の方を向くと、ちょうどこちらにやってきたところだった。

それでこの小さな少女は誰よりも早く動いていたのかと気づく。

ぼーっとバーバラ嬢の魔法を見ていると、いつの間にか小さな少女が横にいた。

俺の怪我を見ると、水をかけ、薬を塗り、そして傷口を手で押さえた。

一瞬時間が止まったかと思った。

その真剣な横顔があまりに美しくて、押さえられた傷口がなんだか少し温かくて。

なぜだか彼女の周りは光が差しているように見えた。

「ほかに怪我したところはありませんか？」

「あ、ああ……大丈夫だ」

ただそれだけのやり取りで、彼女は次の怪我人のところへ行ってしまう。

待って。待ってよ。

「聖女様……」

反射的に引き止めようとするが、彼女の目にもう俺は映っていない。

まだありがとうも言ってない……。

俺の傷はあっという間に治った。

傷跡もなく、あれは夢だったのではないかと思うほどだ。

それほど俺にとっては、特別な……いやなんというか、神聖な気持ちになった出来事だったのだ。

傷があった場所に時折視線を投げる俺を見て、友人らは「また聖女様を思い出している」と笑った。

俺があの日「聖女様」とぽつりとつぶやいたのを知っているのだ。

それがなぜあんなことになったのか。

聖女様は、いつの間にか男をたぶらかす偽聖女になっていた。

平民は図々しいと女どもは眉をひそめた。クラスが違うので知らなかったが、そうか、彼女は平民だったのか。ならば距離を取ったほうが、彼女のためにもよかろうと思った。

事実無根なのだから、もう俺が聖女様などと言わなければ噂もすぐに消えるだろうと思ったのだ。

それが何故か消えない。偽聖女から巨神兵にもなっている。

訳が分からなかった。

この頃になると彼女の悪評は学園全体に広まっており、しがない男爵家の俺には表立って彼女をかばう勇気はなかった。

せめて、彼女が泣いている時は力になろうと思っていたが、彼女は思っていたより強かった。

悪評にもかかわらず、毎日登校していたし、泣き顔一つ見せなかった。

ある日、魔物学の授業で動きがあった。

魔物の討伐が終わる頃、彼女の大きな声が聞こえたのだ。

「ぎゃあー！　何やってるんですか！　いきなりナイフで腕を切る人がどこにいますか！　バカなんですか！　もう！　親からもらった大事な体に自分から傷つけるなんて罰当たりですよ！」

そこには男をたぶらかそうとする意思など微塵も感じられない。恐喝するそぶりなどどこにも見えない。あるのはただ目の前の人を案じ、真摯に手当てする彼女の姿だけだ。

ヒュー先生の檄により、彼女への悪い噂は聞かなくなった。

俺は自分を恥じた。悪意など全くなかったが、おそらく俺の一言から噂が広まったのだ。

それなのに、俺は彼女をかばうことも、彼女に謝罪することもしなかった。

しがない男爵家だから……というのは言い訳だ。

だって彼女の方がもっと弱い立場だったのだから。

夏休み明け、クラス発表を見ると驚いた。彼女の名前が実技1位に載っていたからだ。

クラスもＣクラスからＡクラスに上がっている。

Ｃクラスの奴らが彼女の成績を見て「不正だ」と騒ぎ始め、あろうことか彼女自身に絡んでいった。それでも彼女は堂々としていた。

その時俺は思ったんだ。

彼女はいつだって前を見ているから強いのだと。

誰かに悪い噂をされようとも、喧嘩を売られようとも相手にしない。

相手は自分のレベルまで彼女を落とそうと必死だが、それを一顧だにせず彼女は進んでいく。

きっとあいつらと彼女はもう取り返せないほど差が開いているんだろうな。

俺とも。

そんなことを思いながら、俺は駆け出す。

「イライアス皇子！　中庭で試験結果に不満な一部の生徒が騒いでいます！」

「わかった。すぐ行く」

さて、俺も勉強しよう。


「おーい。まだ勉強してんのか」

そう言ってくるのは、寮で同室になった奴だ。

こいつは伯爵家なので、幼い頃から何人も家庭教師がついているだけあってＡクラスだ。

本当いいよな。金のある貴族は。

ナリス学園は実力重視。家柄などは関係なく、試験結果でクラスが決まる。

だが蓋を開けてみればAクラスは、伯爵家以上の者ばかりだ。

理由は簡単。入学までの勉強量の差だ。

俺みたいな男爵家は、入試に合格するよう家庭教師がつく場合がほとんどなので、入試の数年前からしか勉強しないし、勉強の目的はあくまで入試に合格することだ。

それに比べ高位貴族は、幼いころから家庭教師をつけ、ありとあらゆる勉強をするのだ。

今までなら俺も「本当にいいよな」で終わっていたんだが、今はもう終われない。

俺は変わらずBクラスだった。

今までなら男爵家でBクラスまで行けばいい方だと思っていたんだけどな……。

彼女は、平民だった。なのに、Aクラスだ。

彼女の友人二人も平民だが、今回Aクラスだ。家柄とか関係ないのだ。

今まで学園に入学した平民だって、忖度していただけでAクラスに入れる実力の人もいたかもしれない。

男爵家だからと言い訳していては、恥ずかしい。

俺はいつかどこかで彼女にまた会ったときに恥ずかしくない大人になりたいと思う。

その一心で今勉強している。

「お前の聖女様、本当凄いわ。お前が聖女と言うのも、最近わかる気がする」

こいつから聞く彼女の話が、今の俺の一番のモチベーションだ。

体術は苦手らしいが、薬草学では扱いの難しい魔草を難なく薬にしていく。

最近バンフィールド先生は、生徒からの質問をまず彼女に答えさせるらしい。

それでよどみなく答える彼女を見て、Ａクラスの生徒は負けていられないとさらに薬草学に力を入れて勉強しているらしい。

初級魔法学の話もすごかった。

生活魔法をすぐにできるようになった彼女を見て、好奇心を抑えられなかったＡクラスの生徒が聞いたらしい。

「試験はどこの輪までくぐれたのか？」と。

「最後の輪までくぐれたと知った時のクラスの激震をお前に見せてやりたかったよ」

見てないが、Ａクラスの奴らの気持ちはわかる。

最後までって……最後って、あの針の穴みたいな奴だろ？

できる奴なんていないわけがないと思っていたもんな。

魔物学は、後方部隊が一人になり、魔物のランクが上がったのに、一人で駆け回って怪我を治し続けているという。ほんとあの小さい体のどこにそんな力があるのだろうか。

「ダニエル、今度の課外授業で聖女様と一緒のグループになれるといいな」

「いや、俺はまだいいわ」

会っても恥ずかしくない俺になってから会いたいと思う。

さて、もうひと踏ん張り、明日の予習をしてから寝るか。

第五章✴不穏な空気

普段週末はアルフレッド兄様と魔法の訓練をしているが、ここ最近はお休みだ。

アルフレッド兄様は騎士団の中でも強いらしく、入団したばかりだというのに、騎士団の受付のお姉さん曰く「若手のホープ」と目されているらしい。

だからなのか今回長期遠征に行く人員に入っており、少し前にアルフレッド兄様は出発してしまった。どこに行って、何をするのかは守秘義務で聞いていないが、アルフレッド兄様は実力を認められているようで嬉しいと喜んでいた。

喜んでいた兄様を前に暗い顔は見せられず、「よかったね。気をつけて行ってきてね」と言ったけれど、内心すごく心配だ。

怪我はしていないか、病気になっていないだろうかとふとした瞬間に不安が押し寄せてくる。

父様や母様、兄様たちも、私がクラティエ帝国へ逃げている間こんな気持ちでいたのだろうか。

待つことしかできない身はつらいのだと初めて知った。

アルフレッド兄様が遠征に行ってから、私はいつも以上に勉強に力を入れている。

今読んでいるのは、『世界を変えた魔導具』だ。鑑定スキルの人が薬の鑑定魔導具を作ったと聞き、興味が湧き、勉強している。

それに何より集中していると、不安も一瞬忘れるからいいなと思う。

不安なことだけでなく、楽しかったこともある。

なんとトリフォニア王国からマティス母様が専属たちを連れて来てくれたのだ。

私が家を離れてから、専属のサリーとルカは今まで通り料理や靴づくりの修行をしつつ、ナリス語も勉強し、さらにドレイト領で自分たちの代わりとなる人材育成もしてきた。

それがようやく一段落したらしい。これからはこのクラティエ帝国で暮らすことになる。

ちなみに母様の付き人としてメリンダも来てくれた。

もちろんそれは自惚《うぬぼ》れでなければ、私に会うためだと思う。

数ヶ月したら冬の社交が始まるので、母様とメリンダはそれまでに帰らねばならないが、もともと家を出た時にはもう父様とも母様とも、誰とも会えなくなるものだと思っていたから、とても嬉しい。

そしてもう一人。ネイトも私の護衛になるために来たという。え？　護衛？

私の頭の中は疑問がいっぱいだったが、母様が「さぁ、時間は有限。早速試食と近況報告から始めるわよ」と言うので、ついて早々試食会となった。

屋台の時いろいろと意見をもらっていたからバイロンさんも一緒に呼んだ。

それがまさかこんな展開になるとは。

「こ、これは！　テルーちゃん、これ、プリンじゃない？　え？　僕が食べたのと色が違う。これ

「テルーちゃんがオーナーだったのか……。そうだよね。商会持っているって言っていたもんね。あぁ～あの時、何を売っているか聞いておけば！　テルーちゃん、俺にこのプリン売らせてくれないかな？　プリンに出合って、本当にこれを売りたいって思ったんだ。お願いします！」

本当に食べていいのかい？　うん、美味い！　え？　でも、どうしてここに？」

大興奮のバイロンさんを宥《なだ》めて話を聞くと、なんと出会った頃バイロンさんがトリフォニア王国へ行っていたのは、トリフォニア王国の新しい菓子プリンの噂の実態を確かめるためだった。

あちこち回って、やっと実食できたものの入手先を特定する前に資金が足りなくなり、一度戻ってきている途中で私たちに会ったらしい。

今ももう一度トリフォニア王国へ行くために資金を貯めている最中だったという。

私がそのプリンを売っているテルミス商会のオーナーと言えば、驚き、項垂《うなだ》れていた。

母様は父様からバイロンさんのことを聞いていて、もともとこちらに引き込もうと思っていたようで、トントン拍子で話が進み、バイロンさんはテルミス商会の帝都支部長になった。

ちなみにパイはサクサクで完璧に再現できていた。

最初は砂糖を振りかけただけのパイで始めるが、その後従業員も増えたらアップルパイとかカラバッサのパイとかできるといいな。店で売るわけではないが、パイシチューも食べたい。

驚いたことにルカは、私の不在の間に冒険者にもなっていた。

なぜ？　と思って問えば、すべては私が言った調整パッドのせいだった。

最初は木や土でパッドを作ったらしいが、もちろん木や土は堅い。

綿でも作ってみたが、すぐにヘタってしまう。私の要望は、柔らかい素材で、靴にくっつくことだ。それで、仕方なく自ら近くの森へ入り、いろんな素材を採集して実験して作ったらしい。

結果、綿にスライムを溶かしたものを練りこみ、ラーナと呼ばれる木の樹液を塗った布で包むことで完成したのだとか。

ラーナの樹液に至るまでも、並々ならぬ苦労があったようだ。

ただの布だと時間とともにスライムが滲み出してしまうし、他の素材を使ってもどうしてもスライムが滲み出てしまう。その上滲み出たスライムによって布も硬くなり実用化に耐えない。

やっと出合ったラーナは、塗ることで防水の膜が張り、それでいて布自体の動きも阻害しない最高の素材なのだとルカが熱弁をふるっていた。

「お母様。私からも紹介したい物があります。シャンギーラという国の商品を使って作りました。ルカ、大変なことを言いつけてごめんね。道理で強そうになっていると思った。

お菓子の後で申し訳ないのですが、食べてくれませんか？」

みんなに甘麴ミルクを振る舞いつつ、２種類の肉を取り出して、焼く。

「これは普通のお肉。こっちは私が作った調味料に漬け込んだお肉です。比較しやすいように、味付けは同じように塩とピミエンタだけにしますね」

こういう時、この大きくて開放的な調理場は便利だ。

「どうぞ、食べてみて。まずは普通のお肉から」

みんながもぐもぐ食べている。食べ終わったところでもう一種類の肉を出す。

一口食べた瞬間、みんなの目が輝く。

「美味しい。それに柔らかいわ」

私が作ったのは、塩麹。麹があるなら、絶対作らなきゃ損な調味料だ。

母様も、バイロンさんも、サリーも食いつきがよく、作り方や素材、使用方法などを話すとすぐ売り出すことが決まった。

母様は塩麹のつくり方が煩雑でないことから、フロアワイパーの時のように特許だけ得て、ロイヤリティで稼ぐのがいいと考えているようだ。

「人を雇って拡大することもできますが、菓子、靴とすでに2事業抱えていますから、そちらの2事業で人を育てる方が急務です。奥様の言う通りこちらは別の人にお願いするのが良いと思います」

新たに帝都支部長になったバイロンさんもそう言って母様に同意する。

それなら……。

それならば、海街の人にお願いしたい。元々塩麹は海街の物で作ったのだから。

そう言うとバイロンさんがにっこり笑った。

「そうだね。ナオミさんに相談してみよう。きっと大丈夫だよ」

以前ナオにシャンギーラの商品を売りたいと言って断られた時のことを言っているのだろう。

少しでも海街のためになるといいなと思う。

母様が言った通り、時間はあっという間に過ぎ去った。

母様はバイロンさんと今後取引しそうな貴族やギルドへ挨拶回りに行ったたし、専属二人とネイトは仕事や生活に必要なものを揃えるため、町に出ている。

平日私は学園があるしで、それぞれが忙しく、なかなかゆっくりできる時がなかった。

母様たちが帰る前になんとか海街を案内できたくらいだ。せっかく来てくれたのに、母様たちは仕事漬けだった。

それでも朝と夜の食事は一緒にできたし、夜寝る前には母様と話ができた。

母様が泊まっている部屋で学園の授業の話や屋台をした時の話、アルフレッド兄様が遠征に行っている話をすると、母様は「テルミスは十分よく頑張っているわ」「大丈夫よ」と言って、まるで小さな子にでもするように抱きしめて背中をトントンと叩いた。

「もう子供じゃないんですから」と言ったけれど、アルフレッド兄様が遠征に行ってしまって、このところ不安だった気持ちがふっと軽くなった気がした。

そして、帰国が近づいたある日。

私はようやく庭でネロと遊んでいるネイトを捕まえた。

ネイトに聞きたいことがあったのだ。

私は最低スキルのライブラリアンで、今の私は平民だ。仕える価値があるわけではない。

その上、慣れ親しんだドレイト領を離れなければならないというデメリットまである。

それなのに何故……、何故護衛になんてなったの？

再会した時からずっとその疑問が頭の中を渦巻いていたが、来てくれたことが嬉しくてなかなか言い出せなかった。けれど、もうすぐ母様たちは帰る。

はっきりさせなければ。いつまでもうやむやにしていいわけじゃない。

「ネイト！　ねぇ、護衛ってどういうこと？」

ネロは私の言葉に何かを感じたのかネイトの腕からぴょんと飛び降りて家の中へ帰っていった。

こっちは申し訳なさやなんやらで聞くのを躊躇《ためら》っていたというのに、ネイトはなんてことないように答える。

「ほら、お前一人じゃ危ないだろう？　お前は鈍くさいし。だからお前が旅立つときも本当に俺は一緒に行くつもりだったんだよ。あの時も帝都についていくって言ったの覚えていないか？」

ドレイト領を離れる時の記憶が戻ってくる。

確かに、ドレイト領を去るときネイトも一緒に行くと言ってくれた。でも危ない旅に連れてはいけないと私が断った。もう誰かが傷つくのは嫌だったし、ネイトはまだ子供だったからだ。

「あの時、お前と一緒にいた美人の冒険者に言われたんだよ。『守りたかったら守れるほどの強さを持ちなさい。次のチャンスは摑めるように』ってな。それでマリウス様に頼み込んだんだ。だから今はちゃんとお前を守れる。心配すんな」

美人の冒険者……イヴか。あの時そんなことを言っていたんだ。

そしてマリウス兄様に頼んだ話を詳しく聞けば、私が旅立った後マリウス兄様は時折孤児院に行っていたようで、そこでネイトがどうしたら強くなれるかと聞いたらしい。

それでマリウス兄様はゼポット様に1ヶ月ネイトを預け、見込みがあるなら騎士見習いになれるよう便宜を図った。多分命を懸けて私を守ってくれたお礼でもあったのだと思う。

ネイトは見事騎士見習いになり、それから私の護衛になるため必死に訓練してきた。

「どうして……？」

気がついたら声に出して聞いていた。

「どうして来たの？　あんなに危ない目にあったのに！　ドレイト領に帰れるかどうかもわからないのよ。どうしてわざわざ私の所まで……」

「わかっているよ。でもお前は覚えていないか？　ルークと一緒に誓っただろ？」

そう言ってスッと手を胸に当てる。

ドキン。

やめて。

やめて。やめて。やめて。

「命に替えてもあなたを守る。我が名にかけて」

やめてよ……。

誘拐事件の前にもネイトとルークは私にこうやって物語の真似ごとで騎士の誓いをしてくれた。

あの時は冗談だった。おふざけにも似たようなことだった。

でも私はもう知っている。ネイトは本当に命を懸ける。

あの時、誘拐されかけたあの時、ネイトもルークも何度倒れても身を挺して守ってくれた。

あの時……誘拐事件などなかったら、ネイトがこういう道を選ぶことはきっとなかっただろう。

だから断るべきなのに。

もう、私のために命なんて懸けないで。護衛になんかならないで。

そう言いたいのに、言わなければならないのに、真剣な眼差しでまっすぐ見つめられると言葉に詰まる。

物語では、この騎士の誓いに対して湖の乙女はこう言っていた。

『途中で死んだら許さないわ。意地でも生きてわたくしを守りなさい』と。

今この湖の乙女の気持ちが少しわかった気がした。

きっと湖の乙女はこんな命を懸けた誓いなんてしてほしくなかったのだろう。

それでも守るために騎士がどれだけ努力をしたのかも、その騎士の想いの強さも知っていて、いや、知っているからこそ。

断れない。

それに何より、覚悟を決めた人は強い。まっすぐに見つめるその瞳が、たとえ断られても譲らないと言っている。そんな強さがある。

だからこそのあの言葉。

命なんて懸けないで。そんな叫びにも似た想いがこもった言葉だったのかもしれない。

「と、途中で死んだら……絶対に許さない。絶対よ」

震える手を握りしめながら、絞り出すように言葉を出し、どうにも涙が出そうになってくるっと背を向け足早に部屋に戻った。

＊

「お母様！」

そう言って、家から飛び出してきた少女は、私の記憶よりも随分大きく、そして活発になられたようだった。

私がお嬢様と深く付き合うようになったのは、お嬢様がスキル判定を受けてから。

それまでもお世話はしてきましたが、スキル判定後旦那様からライブラリアンが世間では使えないスキルと評されていることを聞くと、自分の人生を深く考えられたようで、私に勉強する時間を管理してほしいとおっしゃったのです。

怠け者だから誰かに管理されないとできないからと言って。

私はすぐに了承しましたが、お嬢様の立てた計画表を見て驚きました。

その計画表には、お嬢様が今後身につけるべきと考えた事柄がびっしりで、遊ぶための時間もお茶をして休憩する時間すら入っていなかったのです。

確かにお嬢様はそれまで何も勉強していませんでしたので、身につけるべきことは沢山ありました。

ですが、まだあの時お嬢様は6歳だったのです。

なんとか少し自由時間を入れて、私とお嬢様の怠け者脱出計画が始まったのです。

時間になると私はお嬢様の部屋へ行き、勉強の時間であることをお知らせする。

そして、一日の終わりにはお嬢様から今日学んだことを発表してもらう。

おかげで随分私も花の名前や各領地の特産、聖女マリアベル様や大冒険家ゴラーのことなどに詳しくなったものです。

私は思っていました。6歳なのだから、すぐにやらないと言い出すのではと。

ですが、お嬢様はやめなかった。

領内会議の時は、何か嫌なことがあったのか数日何もしない日がありましたが、元気になるとまた新たに勉強を始められました。

字を読む、簡単な算術をすることから始まったお嬢様の勉強は、どんどん難しくなっていき、地理や歴史、魔法の勉強もするようになりました。

初めて魔法陣による魔法を見た時は感動したものです。

スキル判定で判定された魔法しか使えないのが普通です。

魔法陣とはいえ、それがまだ役に立たないクオリティだったとはいえ、お嬢様は五大魔法のうち聖魔法以外の全ての魔法を使えるようになったのですから。

私は思いました。

ライブラリアン。世間では、使えない、怠惰だと評され、最低スキルと名高いスキルですが、実際にライブラリアンに会った人はいるのかと。

私はお嬢様以外に会ったことはありません。

お嬢様は頑張り屋で、プリンや靴などの商いも始め、聖魔法も使えるようになりました。

これのどこが使えないのか。

使えないどころかすごいのだと全世界に言って回りたいと思いました。

私のお仕えするお嬢様は、ライブラリアンで、こんなにもすごいんですよって。

7歳の冬、お嬢様は誘拐されかけ、そのせいでクラティエ帝国に逃げることになってしまいました。

怖い思いはしていないだろうか、怪我は、病気はしていないだろうか、笑っているだろうか……。

心配する私にマリウス様は時折手紙の内容を教えてくださいました。

お料理をしていること、お友達ができたこと、帝都に着いたこと、学校に通い始めたこと。

お嬢様の楽しそうな様子に胸を撫で下ろしました。

そして今回奥様がお嬢様に会いにいくというので、頼み込んで、私も帝都にやってきたのです。


一通り話が終わると、専属の二人とネイトはこれから住む家へ帰りましたが、奥様と私はお嬢様の家に泊まることになりました。

夕食はなんとお嬢様が作ってくださいました。いつの間にこんなにお料理が上手になられたのでしょう。湯浴みの用意もお嬢様が魔法を使って一瞬でしてくださいました。私がお仕えしていた頃と比べ物にならない精度です。必死に書いていらした魔法陣もありません。

それだけで努力されたんだなとわかり、危うく目頭が熱くなりかけました。

就寝時間になり、奥様は旦那様が泊まられたというお嬢様の隣の部屋へ。

そして私は「私の部屋が一番広いから。くつろげなかったらごめんね」というお嬢様の一言でお嬢様の部屋で寝ることになりました。

少しでもくつろげるようにという配慮か、ベッドの周りには衝立も立ててありました。

その日の夜、私は旅の疲れからすぐに眠ってしまったのですが、お嬢様はまだ本を読んでいらっしゃるようでした。

翌朝早く、お嬢様を起こさぬよう起きた私はびっくりしました。

もうお嬢様が起きていらしたからです。

そして、もう朝食の準備をされているじゃありませんか。

昨日は何もできなかったので、今日からしっかり働こうと思っていたのに。

私は料理人ではありませんから、すごい料理は作れません。

けれど人並みに家事はできます。今回は私一人で使用人の仕事をしなければと意気込んできたのですが……。掃除をしようにも部屋はピカピカに綺麗だし、洗濯も皿洗いもお嬢様が一瞬で終わらせてしまいます。

「メリンダ、おはよう。よく眠れたかしら？」

そう言うお嬢様に私は何をしてあげられるのだろうかと思ってしまいました。

その日奥様は、新しく商会に入られたバイロンさんとギルドや顧客になりそうな貴族へ挨拶回りに行かれました。

専属二人と新たに専属護衛になるネイトは、家を整えるため奔走しています。

私とお嬢様はお留守番です。お留守番……一体私は何のために来たのでしょう。

身の回りのこともお嬢様がしてくれ、商会の手伝いなどももちろんできません。

少し自己嫌悪していたところに、お嬢様が来られました。

「さて、と。メリンダ、今から時間あるかしら？　私、沢山話を聞いてほしいのよ。２年の勉強の成果を発表しなくては！」

にっこり笑って、そう言って。

お嬢様は、習ったことや自分で考えたことを私にたくさん発表してくれました。

学園で習ったという生活魔法のことや、聖魔法や緑魔法が付与魔法ではないかという仮説、容赦ない社会学の授業の話など。

ドレイト領でお仕えしていたころより格段に難しい話で、私にはわからないことが多かったのもあり、私は聞くに徹しました。それでもお嬢様は私に話すことでいろいろと頭の中の情報を整理されたようでした。

私は席を立ち、チャイを入れます。お嬢様の住むこの家は、調理場が丸見えですが、こうやって部屋を離れずともお茶を用意して差し上げられるのがいいです。

「お嬢様、一度休憩にしましょう」

「ふわぁ。ありがとう。やっぱり、メリンダの淹れるチャイが一番美味しいわ」

お嬢様がそう言って笑います。ですがすぐにその顔が曇る。この滞在中、お嬢様の困ったような、悲しいようなそんな表情を何度か見かけました。何か悩みがあるのでしょうか。

ややあって、お嬢様がぽつりぽつりと口を開きます。

「ねぇ、メリンダ。ネイトが専属護衛になるの。本当にいいのかなぁ」

お嬢様は、ネイトがあの誘拐事件の時に守れなかったのを気にして護衛になったのではないかと心配していらっしゃいました。友達に悪いことをしてしまった、ネイトには何の非もないのにと。

お嬢様は真剣に悩んでいらっしゃるのにこんなことを思うのはお嬢様にとても悪いのですが、私はよかったと思ってしまいました。

お嬢様はドレイト領では孤児院に行く以外は館の中だけの生活でした。

それは貴族なら当たり前のことなのですが、成長し、マリウス坊ちゃまが勉強に忙しくなるとお嬢様と一緒に遊ぶ人はいなくなりました。

それでも普通なら、ライブラリアンでなければ、お嬢様も6歳の社交解禁後、同じ貴族の子と遊ぶことが増えたでしょう。けれどお嬢様はライブラリアンで、積極的に縁を結ぼうと子供を遊びにやる貴族はいませんでした。

お嬢様自身も不遇なスキルを覆そうと日々勉学に一生懸命でした。

自分がしたいことよりも、将来役に立つこと、誰かのためになることばかり考えるお嬢様は、子供時代をどこかに忘れて、一段飛ばしで大人になっているようでした。

スキル狩りの噂を聞いてからは、一層館から出られなくなりました。

もちろん私たち使用人はお嬢様のそばにいましたけれど、やはり大人とでは、ましてやこちらはお仕えする身ですから「遊ぶ」というのとは少し違います。

ですから、お嬢様がネイトのことを純粋に友人として話していることにほっとしたのです。

それと同時に、純粋に遊んでいただけの友人関係から、友人であり、主と護衛という主従関係に変わってしまったお嬢様とネイトの関係に成長を感じるとともに少し寂しさも感じます。

「お嬢様がお嬢様の人生を歩む権利があるように、ネイトにもネイトの人生を歩む権利があります。ネイトは自分でその道を選んだのですから、お嬢様が気に病む必要はありません。もちろんお嬢様が嫌なら断ることだってできますが、お嬢様はネイトが専属だとお嫌ですか？」

少し考えて、ゆるゆると首を振るお嬢様。

ここ数年にあったことは、大変なことばかり。まだ子供だったお嬢様はとても辛かったはずです。

それでも変わらず自分より他人を気遣うお嬢様に胸が痛みました。


数日滞在して気づいたのですが、お嬢様はとても忙しい。

私たちが来ているので、その間に商会関係のことが忙しいのはわかります。

平日は学園に通われ、その後課題と自分で勉強している分野の勉強が加わります。

お仕えしていた頃も、次は算術、その次は歴史、孤児院に通って、護身術を習って……と勉学に忙しいお嬢様でしたけれど、変わっていらっしゃらないようです。

少しでも休んでほしいと、私はお嬢様の好きなチャイを何度も差し入れしました。

帰国も迫った休みの日、お嬢様の大好きな海街というところに連れて行ってくれました。

せっかくのお出かけですので、お嬢様のお支度も手伝います。

2年前私が切った髪は、だいぶ長くなっていました。

お体も大きくなりましたし、新しい商品も考えられていたようですし、魔法もお上手になられて、家事もできるようになられて、学園の成績も良いと聞きました。

何とご立派になられたことでしょう。

でも何より嬉しいのは、お嬢様が楽しそうなことです。

海街ではナリス学園で友達になったというナオミさんとも会いました。とても仲がよさそうな様子に、胸が熱くなりました。

お嬢様。

優しくて、頑張りすぎるお嬢様。

どうかこれからは楽しいことをたくさん見つけてくださいね。

✴

母様たちが帰国してしばらくして、私はとんでもないことを聞いてしまった。

「えぇ。きっとそうだと思わない？　だって殿下はアイリーン様を溺愛されているし、2年前のスタンピードだって……ねぇ。私はこれをレポートに書くつもりなの」

彼女たちは社会学の課題をしているようだ。

今回の課題は近年起こった出来事について、それに何の意図があるか考察するというものだった。

一人の女子生徒は、アイリーンの結婚について書くようだ。

アイリーンは友達だし、なぜかスタンピードという言葉も聞こえたので、いけないとは思いながら自然と耳を傾けてしまった。

彼女たちの話を聞いて青ざめた。

それが、クラティエ帝国とトリフォニア王国が戦争をするのではないかというものだったからだ。

なんで結婚から戦争になるの!?

その話は、公になった情報ではない。ただの彼女の憶測だ。

けれど、内容が内容なだけに気になって仕方ない。

そのまま話を聞いていると、彼女が戦が起こると考え付いた理由は三つあるらしい。

一つ目は、先程聞こえたオスニエル殿下の溺愛ぶりだ。

あまりの溺愛にアイリーン皇子妃を追放した王国を憎んでいるのでは……と。

確かに。オスニエル殿下はアイリーン一筋だ。だけど、私怨だけで戦をするような人には見えないけれどなぁ。そして、それをどうやってレポートにするのだろうか。

二つ目は、2年前に起きたスタンピードは自然災害的なものではなく、トリフォニア王国が仕組んだものだったのではないかということ。

知らなかったけれど、2年前クラティエ帝国の一部の貴族ではそんな噂が流れていたらしい。

これも彼女の妄想だと一蹴できる話だが、私も真実が何かは知らない。

夏にギルバート様の話を聞いて、ギルバート様が調査をしていたことは知っているけれど、調査結果は知らないのだ。

いや、待って。そもそもなんでギルバート様はクラティエ帝国に来たのだろうか。

メンティア侯爵はアイリーンの結婚式に、父様は私に会いに。

父様が来た理由も弱いけれど、ギルバート様はもっと弱い。

私に感謝するためだけじゃ……ないよね？　感謝だけならいつだっていいのだから。

わざわざアイリーンの結婚式の時に無理を押して来なくてもいいはず。

じゃあ……なんで？

そして彼女たちの戦が起こると感じた一番の理由が、帝都から騎士の多くが出払っているということだ。彼女たちはよく騎士の練習風景を見に行くようで「○○様もいなかったわ、あの方もよ」と話している。

確かに、アルフレッド兄様は今いない。長期遠征だと聞いている。

その中身は守秘義務と言うから知らないけれど……。

なんだろう。彼女の推論は、どれも噂や憶測をもとに推論を立てていて、何の根拠もないのだけど、なぜだか否定できない私がいる。

ドッ、ドッ、ドッ、ドッ。

心臓の鼓動が大きくなる。

「それじゃダメよ～。貴女またオルトヴェイン先生に怒られるわよ。妄想も大概にしろってね」

「そうよね～。私の妄想結構当たるのに、根拠って難しいわ～」

アルフレッド兄様が戦争に……？

マリウス兄様も王都だし、ドレイト領だって山を挟むとはいえ、王都から近いのよ。

きっと彼女の妄想よね？

そう思いつつも、その日の夜はネロを抱いて眠った。

なんだか最近ネロを抱きしめて寝るのが癖になっている気がする。

それでも不安は晴れなくて、とうとうマリウス兄様に手紙を書いた。

「凄い妄想よね？」って面白おかしく手紙を書いた。

マリウス兄様は笑ってくれると思ったけれど、私が不安に思っていることが分かったのだろうか。

「大丈夫だよ。テルミスが心配することなんて何もないからね」と返事がきた。

その真面目に返された手紙で、安心するどころか私は一層不安になる。

マリウス兄様……何かご存じなのですか？

それでも遠く離れた帝都の地にいる私にできることなど何もない。

不安に思いながら毎日を過ごし、不安を追い払うかの如く、一心不乱に勉強をした。

朝も昼も夜も。

アルフレッド兄様から一人で訓練するのは禁止されていたけれど、いてもたってもいられずネイトに立ち会ってもらって魔法の特訓もした。

もちろん商会の仕事も。

特にサリーは、シャンギーラの食べ物に興味を持っていたから、チャーハンや花あられを教えたり、塩麹を使ったレシピを考えたり、シャンギーラのお店が開店する時にこちらの菓子店でも連携した商品が作れないかなどたくさん話をした。

あれこれ試作するために、しばらく我が家に泊まっているほどだ。

バイロンさんもルカも進捗報告と今後の計画を立てるためによく来る。

何かと鋭いネイトは、私の様子が変だと思っているのか、しょっちゅう「帝都観光につれていけ」と文句を言って私を町に連れ出す。

驚いたことに、ネイトは訓練だけでなくナリス語も勉強していたらしく、少しぎこちないが物おじせず町の人と会話をしている。

ある時は「一番美味しい屋台を決めよう」と言って屋台を片っ端から巡り、またある時は「帝都で一番見晴らしのいいところでピクニックをしよう」と言って、サンドイッチ片手に高台にある公園へ行った。

そうやってみんなに囲まれていることで、少し不安が紛れている気もする。

みんながクラティエ帝国まで来てくれて本当に良かった。

ちなみに専属二人には戦争のことをまだ何も話していない。だって、彼女の妄想……なのだから。

ネイトには隠せなかったが、ネイトは「マリウス様が大丈夫って言うなら大丈夫だろ」と言う。

年末年始の休みが近くなってきた頃、進路指導が始まった。

私は魔法科で、ナオとデニスさんは貴族科に行くらしい。

貴族科は、政治や経済、経営、法律などなど、1学年の時に社会学で習ったことをさらに深く学んでいくところだ。

名前こそ貴族と入っているが、平民でも問題ない。

二人と離れるのは正直寂しいが、お互い頑張ろうと励まし合った。

魔法科の説明会では研究助手ができる研究室の研究テーマが一覧になったリストが配られた。

「地魔法、水魔法による農地改善研究」とか「常用ポーションの開発」とか「新規攻撃魔法の開発」だとか、「魔導具の消費魔力軽減化」などいろんな研究テーマがあったが、私はライブラリアンとは何かを知りたくて、ユリウスさんの「スキル研究」に応募して、学園は休みに入った。

ジュードさんもユリウスさんの助手だから、もしも、万が一受かったら、一緒だなぁなんて思うけれど、ユリウスさんは一度も生徒の助手を採ったことがないというから難しいかもしれない。


クラティエ帝国では、年越しの休みになるとパンやチーズにベーコン、じゃがいもなどの日持ちのする野菜やお菓子を手に、親しい人、お世話になっている人の家を訪れる。

そこで今年一年お世話になりました、仲良くしてくれてありがとうと挨拶をする。

手土産は全て日持ちする食材で、それはこの年越しの休みの期間もお腹をすかさず、幸せに暮らせるようにという願いからだ。

年越し当日は忙しい。

朝のうちに家の北側に宝石を、南側には楽器を、西側には焼いた肉を、東側には薬草を置き、1年の息災を祈るのだ。庶民には高いものが多いので、一般的には北に石、南に何か音のなるもの、西に食べ物、東に草を置くらしいが。

この東西南北に置く物は神様の好きなものを祀っているのだとか。

トリフォニアにはこういう風習はなかったので面白いなぁと思う。

祈りを捧げた後も忙しい。

家族総出で大量の料理を作るのだ。

それから休みの終わるまでの三日は親しい友人を家に招いたり、招かれたりして、大量に作った料理、挨拶でもらったチーズやパンでもてなすのだ。

そんな訳で、休みに入るとバイロンさんやニールさん、ナオやアンナさん、サリーやルカ、ネイトのところにベーコンやチーズを片手に挨拶回り。

アルフレッド兄様はまだいないから、代わりと言っていいのかわからないけど、騎士団にも焼き菓子を差し入れた。

年越し当日は、専属共々サンドラさん宅で過ごす。

サンドラさん、アドルフさんはクラティエ帝国での親代わりと思ってほしいと言ってくれて、年越しも一緒に過ごしてくれる。

本当に素敵なご夫婦だ。

年越し翌日は、ナオに招かれて海街に行った。

屋台の打ち上げで使った食事処で、飲んで、食べて、笑って、踊って楽しんだ。

ちなみに塩麴、甘麴はナオが責任者となって、海街の人を雇ってお店をオープンさせることになった。屋台で売った花あられも売るそうだ。

現在ナオは、従業員となる人材のナリス語の最終チェック中。クラティエ帝国での接客方法も誰が見てもわかるよう手引書にまとめているんだとか。

休みの最終日は家に戻り、私、バイロンさん、サリー、ルカ、ネイトの5人でテルミス商会の決起集会……という名の宴会だ。

親しい人たちと美味しい食べ物で過ごす年越し休暇は楽しくて、あっと言う間に過ぎてしまった。

アルフレッド兄様も騎士団のみんなと年越しくらいは楽しくやっているのだろうか……。

いや、仕事なのだからそんな風に遊んでいてはダメなのかもしれない。

マリウス兄様にも年越しの手紙を送ったが、未だ返信はない。

いつもすぐに返信してくれるのに、珍しい。

ドレイトで羽を伸ばして、返事を書くのを忘れているのだろう。そうに違いない。


年明け学園に行くと、学園内は一つの話題で持ち切りだった。

「テルー聞いた？」といの一番に駆けつけてくれたのは、私の事情も知る親友のナオだ。

「うん……。本当だと思う？」

信じられなくて、つい聞いてしまう。

「昨夜皇帝陛下直々に発表があったそうだから、おそらく」

昨日は年越し休暇最後の日。

平民の私には関係がないが、貴族たちは宮殿でパーティがあった。

そこで皇帝陛下は二つのことを発表されたそうだ。

一つ、隣国トリフォニア王国で反乱があり、その原因を作ったハリスン殿下が捕縛され、責任を取って王が退位したこと。

二つ、現状ハリスン殿下以外の世継ぎはいないため、トリフォニアからの要請により、オスニエル殿下とアイリーンがトリフォニアを治めることになったこと。

オスニエル殿下とアイリーンならトリフォニア王国にとってそう悪いことにはならないだろうが、それでも何か落ち着かないのは反乱に家族が何か関わっているのではと思ったからだ。

アルフレッド兄様は今長期遠征でいない。守秘義務のある遠征だ。

マリウス兄様も何か知っていそうだったし、父様やギルバート様だって……わざわざアイリーンの結婚式の時に来る必要はなかった。

それに私が宮殿へ行く前、オスニエル殿下と父様たちは何か話し合いをされていたようだった。

それが、今回の反乱の件だったのでは？　そう思えてならない。

私の知る限り、父様もマリウス兄様もアルフレッド兄様も権力闘争には興味がない。

積極的に反乱に加担するようなタイプではない。

それなのに、なぜ？

いや、もうこの際理由なんてどうだっていい。反乱に加わっていようといまいと、どうだっていい。ただ、無事が知りたいだけだ。

よほど反乱のことを考えていたのか、いつの間にか授業は終わっていた。

はやる気持ちで家に戻るとニールさんが来ていた。

「もう話は聞いた？　今回のこと僕から説明してもいいかな？」

顔がこわばっていたのか、バイロンさんがミルクティーを淹れて応接室に持ってきてくれた。

ふぅっ。

少し落ち着いたところで、ニールさんが話し始める。

「その顔だと何となく察しがついているのかもしれないけど、今回の反乱のリーダーは、アイリーン様のお父様であるメンティア侯爵だよ。侯爵の名誉のために言うけれど、最初から反乱を企んでいたわけじゃない。アイリーン様が追放されて、アイリーン様を方々捜し、その罪の真偽を調査する中でこのまま今の王族に国を統治させるわけにはいかないと思ったんだよ」

ニールさん曰く、今回の反乱の原因は昨今の王族の暴挙と統治能力の欠如だそうだ。

暴挙と言われる一つは、言わずもがなアイリーンの婚約破棄だ。

今は冤罪だったと証明されているが、冤罪でなかったとしても「いじめ」という具体的に何をしたかわからない罪で、証拠もなく、反論も許さず、法律にも法《のっと》らず、王太子の一言で侯爵令嬢をパーティ会場からそのまま馬車に押し込め追放するなんて、暴挙以外何物でもない。

しかも、追放後殺害命令まで出ていたのだ。

それでも、その後がうまく行ったのなら問題視しない貴族もいただろう。

だが、アイリーンの追放後王宮は混乱した。

ハリスン殿下はもともと執務の多くをアイリーンに任せていたため、執務が滞り、なかなか終わらないことに業を煮やした殿下は、内容を深く確かめもせず、サインをするようになった。

そうするとどうなるか。賄賂による人事、公費の着服などの汚職が蔓延《まんえん》し、王国の国庫は少しずつ目減りした。

さらにアイリーンの追放は、優秀な人の流出にもつながった。

そりゃあそうだろう。

正当に評価されないばかりか、冤罪を擦《なす》り付けられるかもしれないのだから。

優秀な人ほど王家から距離を取った。

また、アイリーンを押しのけてその座に就こうとしたチャーミントン男爵令嬢も王子妃に相応しいマナー、知識が圧倒的に足りておらず、殿下と共に参加したパーティでミスを連発。

近隣諸国にも王国の次世代は能無しだと烙印を押されているらしい。

そういうわけで現在トリフォニア王国はガタガタだ。そんな状況に多くの貴族が王族を見限った。

「それと、テルーちゃんが危惧しているのは、ドレイト男爵が反乱に加わっていないかということだろう？　うん。テルーちゃんの想像通り、ドレイト男爵は反乱軍についている。ついているっていうよりは、今回の反乱はね、名目上のリーダーはメンティア侯爵だけど、実態はメンティア侯爵、ベントゥラ辺境伯、そしてドレイト男爵の3人が主導なんだ。そう。夏に帝国に来たメンバーだね」


やっぱり……。

アイリーンの結婚式にあの3人が来るのは変だったのだ。

どうして気がつかなかったんだろう。

「ドレイト男爵が反乱に加わったのは、テルーちゃんを守りたかったからだと思うよ」

「え、私？」

「詳しくは話さないけど、王子妃になりたがっていたチャーミントン男爵令嬢の領地チャーミントン男爵領でレアは見つかったんだよ。ううん、レアだけじゃない。スキル狩りで誘拐されたと思われていた人たちがそこにいた」

思いもよらないことが出てきた。暴挙と言われるもう一つがスキル狩りだった。

スキル狩りも今回の反乱の要因ならば、父様が反乱に加わったのもわかる。

ニールさんの言う通り私のためだ……。

今回ハリスン王子が捕縛されたのは、法を無視して当時婚約者だった侯爵令嬢を追放、殺害を指示したこと、それと現在のパートナーの実家チャーミントン男爵がスキル狩りに手を出していることを知りながら黙認、奨励していたことの二つ。

それに対してニールさんはこう言っていた。

「どちらも罪なき人が正当な理由なく、それまでの暮らしを奪われている。それを王太子は何とも思っていなかったのだから、そんな人を王様にしてはいけないと反乱を起こしたのも僕はわかる気がするな。だってそうだろう？　今は無事でも、明日は自分が追放されたり、冤罪を擦り付けられたり、誘拐されたりするかもしれないのだから。恐怖でしかないよ」と。


ニールさんから反乱の話を聞いた数日後、マリウス兄様からも説明の手紙が届いた。

内容は、父様もマリウス兄様も、アルフレッド兄様もドレイト領もみんな無事。心配することはないとのこと。とにかく……無事でよかった。

そして、やっぱりアルフレッド兄様はトリフォニアに行っていたのか。

その手紙からさらに２週間。

アルフレッド兄様が帰ってきた。元気そうな姿を見てホッとした。

全員の無事が確認でき、アルフレッド兄様も帰ってきて嬉しいはずなのに、最近私は何だか胸がざわざわと落ち着かない。

何故だかはわかっている。

ただただ足手まといになってばかりいる自分に自己嫌悪しているのだ。

父様も兄様たちも、スキル狩りについて色々と調べてくれて、犯人を捕まえてくれた。

スキル狩りの犯人が捕まったからと言って、ライブラリアン＝役立たずという図式が崩れるわけではないけれど、少なくとも私は逃げなくて良くなった。

ドレイト領に帰ることもできるようになった。

けれど父様や兄様たちが私のために奔走し、戦ってくれていたというのに、私ときたらそんな事実を知りもしないで、のんびりクラティエ帝国で過ごしていたのだ。

自分の問題すら、私は自分で解決できない。

やっぱり私は役立たずだ。そんな心のモヤモヤから逃げるように、私は勉強した。

アルフレッド兄様が帰ってくるまでは、不安から勉強していた。

兄様が帰ってきた今は、自身の虚無感から。そして、糸が切れたようにぼんやりする。

そんな猛烈な勉強とぼんやりを繰り返す日々。

ネイトがついに口を出した。

「アルフレッド様帰ってきたし、領主様やマリウス様もみんな無事なんだろ？　次は何に思い悩んでいるんだ？」

「いや、私って本当に役に立たないなって……」

ネイトにはその一言で、私が何を言わんとしているかわかったようだ。

ベチン。

ネイトがうつむいていた私の額をたたく。

「い、いたい！」

「そんな辛気臭い顔していても、領主様も、マリウス様も、アルフレッド様も誰も喜ばないぞ」

そんなことわかっている。

でも何の力にもなれない、足手まといなばかりの自分がどうしても嫌になるのだ。

「マリウス様に聞いたんだけど……昔パーティでお前言ったんだろ」

ネイトが突然パーティの話をし始めた。話の関連が分からず混乱する。

「私は私のできることをするだけだって」

ネイトが話しているのは、私が最初に参加した領主会議後の慰労会での話だ。

スキル狩りの犯人だったドラステア男爵の息子イヴァン様が「ライブラリアンは何の役に立つのか」と言ってきたときの。

あぁ、ネイトが言いたいことが分かった。自分でスキル狩りを解決できなくても、役立たずじゃない。私には私のできることをやればいいじゃないかと言っているのだ。

「それにさ、もし今役に立っていなくたっていいじゃないか。これから役に立っていけば。その時は俺も一緒にやるし。お前一人でやるよりずっと何かの役に立てると思うぜ。マリウス様からも師匠のゼポット様からも何をやるにも呑み込みが早いってお墨付きもらってんだ」

そうやってへらりと笑って冗談を言うから、つい私も軽口を返してしまう。

「言ったわね。世界の果てまで連れ回しても文句言わないでよ。ふふふ」

さっきまで役立たずだと自己嫌悪してどん底のような気分だったのに、ネイトと話すとどうでもいいことで悩んでいたなと思ってしまうから不思議だ。

そうね。私は私のできることをするだけだわ。悩むなら、役立たずだと嘆いたり、悩んだりするのではなく、何なら役に立てるか……よね。

閑 話 ✴ 男たちの戦い

――チャーミントン領　ギルバート

足場の悪いうっそうとした森の中を進む。

木や草を切り分け進むと、ぽつんと一つの建物が建っていた。

「首尾はどうだ？」

「はっ。こちらは被害者の移送も終わり、クラティエ帝国からの応援も到着済みです。あとは敵がかかるのを待つのみになっています」

決戦はもうすぐ。きっと大丈夫だろうが、相手はあんな機械を作る奴だ。

気を抜いては足をすくわれる。

俺がここを見つけたのは、1年半ほど前だ。

俺はスタンピードによる領内の復興の目途がつき、魔物たちが通り抜けた跡を遡って原因を調べていた。そして辿りついたのが、隣領のチャーミントン。

領境に近い森は木々が倒され荒れ放題だったが、それより先はぱったりと跡がなくなっていた。

原因はわからない。だが、ここら辺一帯で魔物の大量発生があったのではないかと思った。

周辺を調査して、最初に見つけたのは壁に穴の開いた施設だ。

こんな山奥に何の施設だろうか？　と密かに施設に近づき、中をのぞいた。

そこで見た光景のおぞましいこと。

中には、破られた檻、何かの実験道具と思われるもの、そして無事だった数個の檻の中で蠢《うごめ》く幼虫と成体のウォービーズがあった。

何だここは……。

「ちょっと来てください！」

部下に呼ばれ、裏手に向かうと不自然に盛られた土の山があった。

不審に思った部下が一部掘り返すと、出てきたのは3体の死体。

その死体には一様に鋭いもので刺された跡があり、赤黒く染まっていた。

それを見て確信する。

考えたくもないが、ここはウォービーズの飼育、もしくは研究施設だったのだろうと。

スタンピードがあった年は例年にない数のウォービーズが討伐されていた。ここで飼育されていたウォービーズが抜け出していたとなれば、あの数も納得だ。

日も暮れ、一時辺境伯領へ戻る。

施設を調査していた人員以外はさらに周辺を探らせていたのだが、そちらの部隊はもう一つの施設を見つけたという。

ウォービーズの施設など怪しい施設を見つけたこともあり、俺たちはその施設もしばらく監視することに決めた。

動きがあったのは、監視し始めて1週間後。1台の荷馬車がやってきたと報告があった。

報告によると荷馬車には4人の男女と、食料を大量に積んでいるとのこと。護衛の男から小突かれて建物に入ったところを見れば、その4人は好きでここに来たわけではないのだろう。

そして報告とともに現れたのは一人の少年。この少年はあの荷馬車を追跡していたらしい。

「名は何と言う。なぜあの荷馬車を追っていた?」

「その家紋……辺境伯軍か」

「ほう。それがわかるということは貴族か。ならば学校に行っている歳だろう。どうしてここに?」

「俺はアルフレッド。俺の妹は、五大魔法ではない。スキル狩り対象だ。その妹に嫌みを言っていた奴の父親を王都で見かけた。そいつも、そいつの父親もスキル至上主義だ。そして領地から出てはならないわけではないが、王都へ行くには山越えが必要で、気軽に行ける場所ではないし、行く理由もない。証拠は何もない。何もないが、怪しいと思ったから追ってきた。それだけだ」

嘘は言っていなそうだった。

そもそも荷馬車を追っている時点で、荷馬車の連中とは無関係なのだろうということは分かった。

ただアルフレッドと名乗る少年が、なぜこちらを信頼したかはわからないが。

アルフレッドの話を聞き、あの施設はスキル狩りの被害者収容施設ではないかと思われた。

誘拐してきたのは、一緒にチャーミントンまで来たというドラステア男爵だろう。

領主の館へ行き、そこで一度荷馬車の中身を見ていたそうだから、チャーミントン男爵も同罪だな。

まだ学生だというアルフレッドを王都へ帰し、俺たちは引き続き施設を監視した。

アルフレッドは優秀なようで、王都へ戻ってドラステア男爵を見かけた地域によく行くようになったようだ。

その結果、2回ほどチャーミントン領へ向かう荷馬車を目撃している。

目撃の度に手紙をくれたが、その度に施設に人が送り込まれてきた。

領主の館も張り込みしているが、その間に荷馬車とともに来た来客はドラステア男爵ではなかった。

つまり、誘拐犯は複数人いるらしい。

3ヶ月ほど監視し、護衛の行動パターン、どのタイミングで外部から人が来るのか、連絡役の男はどんな奴で誰なのか調査できたので、先ずは護衛となり代わることにした。

護衛を捕縛し、代わりの者を護衛として置く。

被害者たちと接触を図り、やはり彼らがスキル狩りにあった被害者であることが分かった。

そして、何のために収容されているのかも。

外から監視している時はわからなかったが、施設には大きな機械があった。

彼らの話によると、その機械に入れられると自然と魔力を放出してしまうそうだ。

そして魔力が切れると、次の人が中に入れられ、また魔力が切れると次の人……という風に魔力を搾り取られ続ける。

部屋の隅には魔力がこもった魔石が山のように置いてあり、彼らの話を聞いて、それが彼らの魔力を使って無理やり充塡した魔石だとわかった。

彼らは皆どこか体が黒くなっており、聞けば薬を打たれると「入れ」と指示されれば自主的に機械に入ってしまい、その後体が黒くなるのだという。

俺たちが来て緊張の糸が途切れたのか、皆帰りたいとこぼす中、ひときわ黒い痣のある女は一度も帰りたいとこぼさなかった。

それが不思議で問い詰めれば、レアというその女は泣いて語った。

曰く、彼女を信頼するお嬢様の誘拐を手伝ってしまったと。

薬を打たれ館の外からお嬢様を呼んだこと、つかまって馬車にお嬢様が乗せられたこと、すべて覚えていると。俺はすぐさま裏を取った。

そこでやってきたのが、またあのアルフレッドという少年だ。

今度はドレイト男爵からの手紙を手にやってきた。

それから点と点がつながるようにいろんなことがわかっていった。

レアが誘拐を手伝ったというのは、ドレイト男爵令嬢だったこと。

アルフレッドの言う妹も彼女のことで、その彼女は今テルーと名を変え、貴族令嬢から冒険者となってクラティエ帝国に逃げたこと。

レアは元夫であるタフェット伯爵に薬を打たれると、孤児院を出て、ドラステア男爵と共にテルーの誘拐を手伝った。

その後は男爵たちと別れ、タフェット伯爵と共に王都の屋敷に戻ったが、薬の使い過ぎでレアの命がわずかだと知ると、この施設に送り込まれたという。

冒険者のテルー。そうか、貴族令嬢だったのか。

まさかこんな過去があったなんて。

ウォービーズもスタンピードも彼女がいたから我が領は守られたのだ。

次は俺たちが恩返しする番だ。

それから、魔石を引き取りに来た連絡役にはすでに充塡済みの魔石を渡し、持ってきた空の魔石には辺境伯軍総出で少しずつ充塡した。

次に渡す分は今まで渡していた魔石の量よりは少ないが、それも計画のうちだ。

テルーの薬を思い出し、砦村から薬を取り寄せた。一番ひどいレアに服用させると、少しだけ回復した。彼女は確かに誘拐に加担したが、薬のせいだ。

それどころか、ドレイト領に逃げる前も薬を使われていたというのだから、彼女の人生を思うと本当に回復してよかったと思う。

被害者たちを機械にかけることはしなかったし、十分な食事を与えたが、まだ犯人たちに気づかれるわけにはいかず、彼らには解放まで随分我慢してもらった。

連絡役の男を捕縛し、なり代わりができてからは、少しずつ辺境伯領へ逃がした。

辺境伯領では、テルーが新たに作ってくれた薬で今彼らの治療をしている。

そして今日。

「これで壊れてなかったら、ただじゃおかないぞ。さっさと機械のところまで案内しろ！」

敵がかかった。

「ここも問題ないな。おい、そこのお前魔力を持って来い。聞いているのか！」

「魔力なんて名前の人間はここにはいませんよ。スキル狩りの目的はやはり魔力ですか？　タフェット伯爵」

タフェット伯爵が連れてきた付与魔法使いもすでに取り押さえ、伯爵自身の周りも取り囲んでいる。もう逃げられない。

「クックック。ハメられたのか？　俺は」

ようやくタフェット伯爵も事態が吞み込めたようだ。

それから伯爵が話すことは、予想はしていたものの聞いていて気分の良いものではなかった。

魔導具を作るには、もちろん魔力が必要だ。

その魔力を補うために、タフェット伯爵は研究を重ね、魔力を吸い取る機械を作った。

機械ができてからは、魔力源となる人間を攫《さら》うことを思いつく。

相手が火、水、風、地のスキル持ちだと反撃されて厄介であるし、聖魔法なら教会と世間を敵に回してしまう。そこで攻撃魔法の使えない五大魔法以外の人を狙い、さらに念には念を入れて、反撃できないような薬も作ったという。

「スキル至上主義のこの国で、誘拐するのは簡単だったよ。使えない奴らは魔力源として使えると教えたら、スキル至上主義の奴らは喜んで誘拐してきた。アレにも有効活用法があったのかってね」

言っていることは、本当に最悪で聞きたくもないが……何か、おかしい。

圧倒的に不利な状況なはずなのに、なぜこの男はこんなに余裕なのだ？　ペラペラと話し過ぎる。

ポロンと伯爵の手から何か出てきた。

しまった！　と思った時にはすでに部屋が火の海になっていた。

続いて、ドンと大きな音が鳴り、壁に大きな穴が開く。伯爵は手持ちの魔導具を使って壁に穴を開け脱出したようだ。

くそっ！　やられた。

施設の周りはクラティエ帝国の騎士が取り囲んでいる。

だから万が一にも逃げられることはないと思うが……アルフレッド、やりすぎるなよ。

――チャーミントン領　タフェット

はあっ、はぁっ。

くそっ！　やられた。いつの間に気づかれた!?

スタンピードだかなんだか知らないが、それにビビってあのバカ王子が武器を増産しろなんていうから、こっちにまで気を回せなかった。

あのバカ王子め。一つの魔導具を作るのに、どれだけ魔力使うと思ってんだ。

俺の魔石製造機がなきゃ、武器なんて夢のまた夢だってわかってんのか、馬鹿野郎。

だから焦って、しくじっちまった。

少し前から魔石の納入が少なくなったと思ったら、その後ぱったり納入されなくなり、機械が壊れたと言ってきた。

アレを作ったのは俺だ。

俺以外直せる奴などいるわけがない。

魔石納入量が減っていたこともあり、今あの機械が壊れたら壊滅的に魔力が足りない。

今までは間に何人も連絡役を置いて、俺自身の関与がバレないようにしていたが……しくじった。

機械の故障云々は俺を誘《おび》き出すためか。

念のため、あのバカ王子に言われて開発した魔導武器を持ってきていたのは正解だったな。

ザッ。

不意に男が出てきた。追手かと思ったが、男と言っても若造がたったの一人。

学校を卒業したばかりだろうか。俺は魔導武器を持っているし、問題ない。

「お前がタフェットだな」

「伯爵だ。口の利き方に気をつけろ」

「罪人に何故敬意をはらう必要が？」

つまりあいつは……敵だな。

突然若造は、剣を地面に突き刺した。

「何の真似だ？」

「生け捕りを命じられている。剣を使ったらお前を殺してしまいそうだから」

ぶちっ。頭で何かがキレた。

なんだと？　こんな若造に手加減してもらわなきゃならねえってか？

俺は魔力を込めて魔導具を投げつける。何かに当たると一気に炎が辺りを焼き尽くす魔導具だ。

ぶわっと炎が立ち昇り、火の粉が舞い、熱風がふく。

ムカつく若造のトドメは刺したいが、今はそれどころじゃない。本格的に追っ手が来る前に逃げなければ。くるりと方向を変え、逃げようとしたその時。

「水滝《ウオーターフオール》」

大量の水が流れ落ち、あっという間に炎を消した。

少しみくびっていたようだ。あの若造……魔力には恵まれているらしい。

だが、あの規模の炎を消したのだ。若造だって魔力消費が大きかろう。

それに比べて私は魔導具を起動させるほんの少しの魔力だけ。

まだこちらが有利だ。

「ははははは！　お前のスキルは水か。ならば、水の攻撃の方がいいだろう。存外同じスキル同士は戦いにくいのだ！」

俺はジャケット裏に携帯していた筒状の魔導具を取り出す。

この筒からは高圧の水が出る。水と侮るなかれ、圧をかけた水は木をも貫通する。

勢いよく出た水が辺りの木々を払う。

あの若造はちょこまかちょこまか動いて、逃げの一手だ。

こちらは一歩も動くことなく攻撃できるのだから、笑いが出そうになる。

さて、あの若造はいつまで持つかな？

突如若造が立ち止まった。

諦めの早い奴。

「消える水《バニッシュウォーター》」

奴が唱えると同時に高圧の水はどんどん減り……そして、消えた。

ばかな！　消えるなどあり得ない！

どういうことだ⁉

こうなりゃ、全部使い果たしても若造《コイツ》を倒さねば。

火、水、風、地あらゆる攻撃魔法の武器を使ったが、火は水で消され、土の弾を飛ばせば風で押し返され、水や風の攻撃は途中で消えた。

どういうことだ？　若造《アイツ》も何か魔導具を？　いや、それはない。

トリフォニア王国の魔導具は俺の管理下で生産している。

俺の知らない魔導具なんてないはずだ。

俺が繰り出す攻撃を全て無効化しながら、若造はどんどん近づいてくる。

もう魔導具が効かないのはわかっている。

何か……何かないか！　もう為す術なしなのか？

俺と若造の距離はもうわずか。若造が拳を振りかぶる。

な、何か……。

「す、すごいじゃないか！　君ほどの魔法使いなら、俺が殿下に掛け合っていい役職を用意してやろう」

お？　拳が止まったぞ。脈ありか？

最後の最後に言った言葉が効いたようだ。これはいけるぞ。

「俺と殿下は切っても切れない関係でね。あの施設だって殿下のお墨付きだ。役立たずを有効利用できて喜んでいらっしゃる。俺が口利きすれば……」

「だまれ。氷短剣《アイスダガー》。お前など殴る価値もない」

いつの間にか俺は、氷の剣で地面に磔《はりつけ》状態になっていた。

辺りを見回すと、俺が木々を薙ぎ払った奥に何人もの騎士がいた。

あぁ、若造がちょこまか逃げていたのは、「手を出すな」という仲間への警告か。

なんだ、最初から負けじゃないか。

——チャーミントン領　アルフレッド

「アルフレッド、助かった。でも、一発も殴らなくてよかったのか？」

タフェット伯爵との戦いの後ギルバート様がやってきて聞く。

「そのつもりだった。だがあれは殴る価値すらない奴だ。まぁ、こんな奴のせいでテルミスは逃げなきゃならなかったと思うと、未だにむかつくけど」

少し嘘をついた。本当は殴るだけじゃなく、文句を言って、痛めつけてやるつもりだった。何なら殺してもいいと思っていた。だが戦って分かった。あんなの殴る価値もないと。

それに……テルミスを見ていると思う。テルミスはこんな奴らのことを少しも気にしていない。

もちろん親兄弟に会えなくて寂しい気持ちはあるんだろうが、スキル狩りの首謀者を引き摺り出そうとか、復讐してやろうとか、そんな気持ちは全くないんだ。

それは、テルミスが優しいとかそういうことじゃない。

ただそんな奴らのこと気にもせず前を向いているだけだ。

それに何より可笑《おか》しいだろ？

そうやって前向いて頑張ってきた結果、タフェットなんて目じゃないくらい今のテルミスは強いのだから。役立たずと、魔力源にしかならないと思っていたライブラリアンに負ける気持ちってどんなものなんだろうな。

これは確信を持って言えるんだが、今日タフェットが使った魔導具は、恐らくテルミスは簡単に作り出すことができるだろう。いや、それ以上の物を作れると思う。

そして、あの魔導具を使って対戦しても完膚なきまでにやっつけるだろうよ。

そう思ったら、俺も殴る気力も無くなってしまった。

もうこんな奴どうでもいいかな？　と。

「報告します！　チャーミントン伯爵捕縛完了。館から帳簿も見つけました。実行犯は概ね事前調査で判明していた者ばかりです」

「ご苦労。町の者たちには気づかれていないか？　よし、じゃあそのまま何事もなかったように。チャーミントン、タフェットの捕縛が外に伝わる前に全員捕まえるぞ」

「はっ！」

ギルバート様たち辺境伯軍はこれからその帳簿を基に実行犯の捕縛だ。

俺を含めクラティエ帝国部隊は、そのまま王都へ向かう。決戦は王都だ。

まぁ王都はベルン様もマリウスもいるから帝国軍の出番などなさそうだが。

「なぁ、もう一つ聞いていいか？　何故お前は最初から辺境伯を信用した？」

「あまり理由はないよ。俺の恩人が辺境伯を信用していた。ただそれだけさ」

——王都　反乱軍

王都中央の時計台。

「報告します！　ハリスン殿下、チャーミントン男爵令嬢学校入りしました」

「ご苦労。予定通りだな。ではそっちは若者たちに任せ、我々も動くか。鐘を鳴らせ」

――王都　門番たち

ゴーン、ゴーン、ゴーン。

三つの鐘の音が鳴り響くと、その日王都は混乱に陥った。

その日北門についていたのは新人と二人のベテランだった。一人のベテランが言った。

「そんな齧《かじ》り付いて見ていたってそうそう敵なんかこねぇよ」

もう一人が笑う。

「そりゃ違いねぇが、新人に楽を覚えさすなよ。基本は大事だ。面倒だけど、ちゃんと見ろよ」

「はいっ！」と元気よく返事した生真面目な新人は門の外を見て凍りついた。

鮮やかな青の生地にメンティア侯爵家の家紋の入った旗。

一目でどこの所属かわかる旗を掲げ持ち、森から出てくる軍勢。

まさか……。

「せ、せんぱい？　あ、あれ……敵ですよね？」

「あ？　何を言って……」

門の外を見やり、笑い飛ばそうとしたベテラン門番の言葉が途切れた。

そして……弾かれたように叫ぶ。

「も、門を閉めろー！　敵襲ー！　敵襲だー！」

「なにぃ？　報告しろ！」と上司が奥から飛んでくる。

「はっ！　敵はメンティア侯爵家の家紋を掲げています。軍勢は……」

言い終わる前に、走り込んできた東門の門番が大声を張り上げた。

「東門より救援要請です！　10以上の貴族家が旗を掲げ、東門前に詰めています。どうか！」

「悪いが、こっちもメンティア侯爵家が押し寄せてきている。南か西に頼め！」

「無、無理です！　南はウルティマ公爵家の軍勢で手いっぱいで……」

くそっ！　そうなれば、西もか？　そう思ったときまた一人伝令が走ってきた。

「報告します。西から辺境伯軍です！」

やっぱりか。

囲まれた！

——王都　王宮前

ダン、ダダンダダン、ドンドンドンドン。

太鼓と足を打ち鳴らす音が王都を囲む中、王宮の前にもずらりと屈強な男たちが並んでいる。

一人の男が前に出て宣言する。


我が名はトレヴァー・メンティア。

我々は国の最高法規を平然と無視し、国を混乱に陥れた逆賊ハリスンに、その蛮行の責を問うこともなく、事態を終息させることもできぬ国王に王たる器なしと退位を迫るものである！

現在明らかになっているハリスンの罪は二つ！

一つ！　王命で結ばれた婚約を勝手に破棄し、婚約者アイリーン・メンティア侯爵令嬢を議会の承認や裁判など何らかの法的措置をとることもなく、追放し、殺害を指示していたこと。

二つ！　王都を震撼させたスキル狩りの犯人、動機、誘拐先を知っていながら黙認、奨励したこと。スキル狩りに乗じ、その他の犯罪も増え、王都およびその周辺の領地も治安は悪化。国内から優秀な人材の流出は止《とど》まることを知らず、王宮も汚職が蔓延《はびこ》る事態。国家転覆と言っても過言でないこの状況を作り出したハリスンを国王は野放しにしている！

今他国より攻められれば、王国はひとたまりもない。王国の民の命、生活、尊厳をかけて、我々は無能な国王に退位を求め、早急にこの王国を立て直さねばならない！

王都を囲む四方の門も封鎖している。大人しく王が出てくるなら、他には手をかけぬ。だが抵抗するなら、こちらも徹底抗戦の構えだ！


その声は、誰に遮られることもなく、皆に届いた。

その衝撃たるや。

侯爵令嬢の追放は知っていたが、まさかスキル狩りまで王子の仕業だったとは！

その声明は声が届かなかった遠くまで、人から人へ伝播《でんぱ》した。

隠れながら成り行きを見守っていた王都の民の一人が叫ぶ。

「王を出せ！　ハリスンを許すな!!」

それをきっかけに王族への反感が噴出。

「俺の妹を返せ！」

「父さんを返せ！」

「俺たちはお前らの道具じゃないんだ！」

民の声は膨れ上がり、大きくなるも、未だ国王は出て来ない。

一歩、また一歩と反乱軍が門に近づく。

誰も止めることがないまま、反乱軍は門をくぐった。

――王宮内　王国副騎士団長

国王派の副騎士団長は忠義心の強い騎士を集め、王の間の前で反乱軍を待ち構えた。

高潔だった騎士たちは、汚職にまみれ正当な評価がされないことに、人の命を軽く見る上層部の命令に嫌気がさしたのか、皆辞めていった。

反乱軍の宣言を聞き、職務放棄をする騎士もおり、この場を守る騎士の数は多くない。

だが、それでいいと思った。

中途半端な忠義では、いざという時寝返り、逆に王を危険にさらしてしまうからだ。

ここにいるのは骨の髄まで王に忠義を誓った者ばかり。

己が死んでも王を守るという覚悟のある者ばかり。

俺には、ハリスン殿下が良いか悪いかなんてわからない。でも、わからなくたっていい。

俺は、王を守る。

騎士になった時に国家への忠誠を誓っている。

王がどんな奴か、王子がどんな奴かなんて、そんなことは関係ない。

俺は王を守る！　ただそれだけだ。

「メンティア侯爵、貴方を通すわけにはいきません」

「力ずくでも我らは通る」

「では、こちらも力ずくでも止めて見せます！」

キィン。

振りかぶった剣は、メンティア侯爵に止められた。その一振りが合図になった。

騎士たちと反乱軍が衝突する。くそっ！　やはり数が足りない。

「よそ見していていいのか？」

気づけば、メンティア侯爵が近くまで来ていた。

侯爵もなかなかやるが、こっちは日夜訓練に明け暮れ、戦い、守ることを生業《なりわい》としている。

負けるわけがない。負けるわけにはいかない！

メンティア侯爵が剣を振る。甘い！　既《すん》での所で剣先をかわした……はずだった。

ぐはっ。どういうことだ？

確実にかわしたはずなのに。剣が……伸びた？

「単純な剣技、攻撃魔法でただの侯爵が現役騎士に勝てるわけがなかろう。もちろん対策を考えているに決まっている。我が家に伝わる宝剣風神の切れ味はどうだ？」

風神！　斬撃が飛ぶというあの伝説の？

そんなものが本当にあるのか。

だが、まだだ。俺はまだまだ戦える！

「火壁《ファイアーウォール》、風《ヴィエント》」

そう思った瞬間、突如眼前に火の壁が立ちふさがった。

しかもただの壁ではない。

壁の向こうで風が吹いているのか、火は2階建ての高さまで燃え上がり、時折こちら側へ火を吐き、火の粉を舞い散らせている。

この場を離れようと後ろを振り向けば、己が率いていた騎士たち、そしてその奥には燃え盛る火の壁があった。

ようやく周囲を見渡せば、己の前にだけあると思っていた火の壁は、騎士たちをぐるりと取り巻く火の囲いだった。

ばかな。こんな大規模な魔法。

いったい誰が……！

「副騎士団長！　私の水魔法では到底太刀打ちできません！」

水のスキルを持つ隊員が叫ぶ。

くそっ。死んでも守ると誓ったのに、俺らは戦うことも叶わないのか。

「娘の魔法に勝てるわけがないだろう」

壁の向こうからそんな声が聞こえた気がした。

——王の間　トリフォニア国王

ノックもなしに、ドアが開く。

「何者か！」

部屋に控える騎士団長が剣を抜いた。

「我が名はトレヴァー・メンティア。宣言通り退位を求めに来た」

そうか。こうなってしまってはもう仕方ない。

騎士団長に剣を収めさせ、問う。

「メンティア侯爵。隣はドレイト男爵か。久しいな。忠義のドレイト。貴君もそちら側なのか」

ドレイト領は、先の戦争で多くの貴族が出兵を渋る中、国を守るためいち早く兵を出し、敵を退けた。その武功は、男爵位で済まないほどだ。

であるのに、爵位を上げたくてやったわけではないと陞爵《しょうしゃく》も受けなかった。

それは戦争が終わってからもそうで、いつだってドレイトは国のために働いてくれていた。

それほどの忠義者が反乱側につくとは。

「我らの忠義は国にあります。その国が誤った方向に行くというのであれば、正すのも臣下の務め。今回殿下は法にのっとらず、独断で人々の命、暮らしを脅《おびや》かしました。到底許されるべきことではありません」

「そうか。侯爵、スキル狩り関与の証拠はあるのか」

退位を迫る根拠は、アイリーン嬢の追放とスキル狩りの奨励だったか。

アイリーン嬢に冤罪を擦り付け、追放し、その後殺害しようとしていたことは、王家の調査でもわかっている。

ただ、スキル狩りは初耳だった。

さすがにこれにも関与していては、お咎めなしということにはできない。

「チャーミントン領にて、すでに誘拐された被害者を発見、保護している。被害者たちは、無理やり魔力を搾り取られ、それをタフェット伯爵が魔導具に使っていたようだ。ハリスンはそれを知りながら、魔力消費の大きい魔導武器を製造させている。タフェット伯爵、チャーミントン男爵の供述も、ハリスンがタフェット伯爵宛てに送ったとされる指示書も押収している」

証拠もあるのか。やっかいだな。

「アイリーン嬢には、本当に悪いことをしたと思っている。すまなかった。だがアレは、たった一人の王子だ。アレを罰すれば、次代の王がいなくなる。仕方なかったのだ」

がちゃり。

そこに入ってきたのは、学生に連れられたハリスンとチャーミントン男爵令嬢だった。

二人は罪人のように縄で縛られ憔悴《しょうすい》している。

今日は学校の卒業パーティに主賓として参加していたはずだ。

縄にくくられているということは、騒ぎを聞きつけてきたのではなく、学校で捕縛されたようだ。

「父上、お助けください！　不敬にもこの者たちが！」

縄の届く限りこちらに駆け寄り懇願するハリスンに対し、チャーミントン男爵令嬢は髪を振り乱し喚《わめ》く。

「私たちは悪くないわ！　愛し合う二人を邪魔するあの女が悪いのよ！　スキル狩りの被害者だって、社会のゴミじゃない！　私たちが有効活用してあげたのよ。感謝してほしいくらいだわ！」

「父上！　学生は皆、こいつらに洗脳されているのです！　私たちが有効活用したことで、夢の魔導武器だって手に入れられると説明しているというのに、誰一人感謝しないのですから」

なん……だと？

学生たちのいる場で、スキル狩り関与を認めたのか。

「馬鹿者が……。侯爵、男爵。要求を呑もう」

――トリフォニア王国某所　トリフォニア元国王

退位後、クラティエ帝国第三皇子オスニエル殿下とアイリーン嬢が新たな王と王妃としてやってきた。

その熱烈な歓迎ぶり。またたった一日で、一人の死者も出すことなく終結した反乱。

それで私はようやく民の声を知った。

私は蟄居《ちっきょ》生活の中で考える。

蟄居前にドレイト男爵が言ったのだ。

何が優れたスキルたらしめるのか……と。

そんな答えなど決まっている。もちろん強さだ。

だが、返答する前に男爵が続ける。

戦争している時、平和な時、災害の時……常に変わりゆく時代の中で普遍的に優れたと言えるものは、何なのだろうかと。

私は答えられなかった。

そして同時に思う。

何が王たらしめるのかと。

以前は血筋だと思っていたが、もはやそれは覆された。

だから私は考える。

王とは何だ。スキルとは何だ。

幸い時間はたっぷりある。

第六章✴学ぶ理由

「君の魔法はすごいけれど、スキルは案外初級止まりなんだな」

そう言ったのは、私が研究助手の希望を出している研究室のユリウスさんだ。

ナリス学園ももうすぐ2年目というこの日。私は、学年末に受けた試験がSクラスの基準を満たしたらしく、休みの期間にわざわざ学園に赴き、Sクラス認定の試験を受けることになっていた。

今日の試験では魔法を使うことになるだろう。

魔法科に進むにあたって、今日は魔法を使えることを隠さないことにした。

なるべく厄介は避けたいので、積極的に明かしていく予定はないけれど。

「なんで使えるのに黙っていた！」と怒られるかな？　とドキドキしながら指定の場所に向かっていたけれど、試験を担当するのはなぜかユリウスさんだった。

ユリウスさんには、レスリー様から放たれた火球《ファイアーボール》を消すところを見られているし、彼の研究室で研究助手をするならばいずれは分かること。

魔法を使うのも少し気が楽だ。

試験の内容は、ユリウスさんが使う魔導具からの攻撃を防ぐことだった。攻撃もしていいらしい。

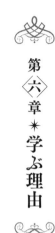

まずユリウスさんが取り出したのは、丸い球。

ゴルフボールくらいの球で何するんだろう？

そう思っているうちにそれを私の方に投げた。でも全然距離が足りない。私の少し前にポトリと落ちた。その瞬間ぶわっと炎が立ち上り、火の粉が舞い、熱風が吹く。

あつい！

「水《アグア》」

上から水を落とし、消火する。

「まだまだあるぞ」

そう言って取り出した筒からは、高圧の水が出てくる。

咄嗟に分厚い土の壁を出して防ぐ。

壁によって防ぐことができたが、水は少しずつ少しずつ壁を掘り進めていく。

このままでは穴が開いてしまう。

「守護《プロテクシオン》」

壁に追加で結界を付与した。水はもう少しも壁を削れない。

その後土の弾丸を撃ち込まれたり、鋭い風で壁を切られそうになったりしたけれど、結界付きの壁はその全てを跳ね返した。

「わかった、わかった。君がSクラスなのは間違いない。だが私は君の魔法が見たいんだよ。すべてその壁で跳ね返されたら壁以外見られないだろう」

「それでは、こういうのはどうでしょう」

そう言って私はユリウスさんの隣に並ぶ。そして、さっき作った壁に向かって炎を出し、高圧の水を出し、土の弾を打ち、風で切り裂こうとした。

結界ですべて阻まれているけれど、魔法は見られたはずだ。

隣でユリウスさんは目を輝かせている。

「君の出した壁なのに、君自身もあの壁を破れないの？」

「あれは、結界を付与していますから」

付与を解除して、風で切り裂く。きれいに真っ二つに割れた。

「付与魔法も、結界も張れるのか。君の魔法は……ほんとうにすごいな。スキルはライブラリアンだったか。ライブラリアンとはすべての魔法が使えるのか？」

もちろん違う。本を読んで勉強しただけだ。

私はスキルで魔法が使える人のように自在に使えなかったので、魔力の扱い方を勉強して、魔法陣の勉強をして、古代語の勉強をして、付与魔法の勉強をして、それで少しずつ使えるようになったのだ。

そうユリウスさんに説明する。

「魔法陣!?　魔法陣の本なんて……。いや、そもそも魔法陣なんて君は描いてなかっただろう」

「昔は魔法陣がないとダメだったんですけど、ある時から使わなくてもできるようになりました」

なぜかユリウスさんはため息を吐《つ》きながら、質問する。

「ちなみに、君のスキル、ライブラリアンは何ができるんだ?」

「本が読めます」

「他には?」

「えっと……本が読めます。それ以上でも以下でもありません」

ユリウスさんは、遠くを見つめるように一瞬考え、口を開く。

「スキルアップは? 6歳からずっと同じというわけではないのだろう?」

「いえ、6歳の時も今も本が読めるだけですが……でも、見てください。この本、昔はもっと小さくて、カバーもなくてノートみたいな本だったんです。けれど、今ではこの通りちゃんとした本ですし、読める本も最初は10冊だったのが今や読み切れないほど読めるようになったんですよ」

特にクラティエ帝国に入ってからはぐんと読める本が増えた気がする。

最初は10冊だったことを考えるとすごいスキルアップだと思っていたが、ユリウスさんはそう思わなかったようだ。

私が真っ二つにした壁を見るとはなしに見ながら、顎に手を当て考えている。

そうやって熟考の末に出てきた言葉が、冒頭の「スキルは初級止まり」発言だ。

全くわけがわからず、説明をしてほしいと思ったがその日ユリウスさんは「いろいろ考えることができた」と言ってさっさと帰ってしまった。


そして今日、2学年がスタートした。

前回同様中庭に結果が張り出された。私は筆記2位、実技1位だった。ちなみに筆記の1位はイライアス皇子の側近と目されているクリス様だ。

前回の成績発表ではジェイムス様たちに絡まれた。それを警戒してか私とナオ、デニスさんの近くにはすでにクリス様やイライアス皇子がいてくれている。

おかげで前回のようなことは何もなかった。

けれど、もしかしたら今回はイライアス皇子やクリス様がいなくても何もなかったかもしれない。前回ジェイムス様たちは複数人で集まり、胸を張って、声高に「不正だ！」と訴えていたけれど、今ジェイムス様の周りには誰もいない。

心なしかジェイムス様自身も覇気がないように思える。何かあったのだろうか。

そして、私はSクラスになった。ユリウスさんの研究助手も受かっていた。

同じくSクラスなのは思った通りクリス様とイライアス皇子だ。

2学年からは学科選択制なので、学ぶ科目も去年とは違う。

学科以外の科目も一応学ぶが、割かれる時間は週に2時間だけだ。

だから今年からクラス分けと言っても、Sクラス以外は成績上だけで、実際学ぶ教室は学科ごとの編成だ。

Sクラスはここからさらに魔法の授業が自由参加になる。その時間は自主研究に充てていいそうだ。つまり今年私が受けなければならない授業は、社会学と体術だけということになる。

家に戻ると、応接室にナオが来ていた。

ナオが塩麹や甘麹など海街の物で作った商品を売る店を取り仕切ってくれることになったからだ。

店は海街との境に出す予定。

ちょうどその場所が開いていたので、店を出すと決めてすぐにバイロンさんが押さえてくれた。

店で働く従業員は、建国祭の時に一緒に屋台を手伝ってくれたチャドと海街出身のカイ。

海街の人は以前からナリス語が話せず、なかなかクラティエ帝国になじめていなかったが、建国祭で帝国の客が沢山流れてきたからか、その後海街全体でナリス語を習得しようという動きが活発化したらしい。

みんなで集まり、ナリス語で話す時間を設けたり、時々来るようになった帝国の客相手に片言のナリス語で接客したりしているんだとか。

ナオ監修のもと作られた、接客時によく使うナリス語ガイドブックなるものもあるという。

やはり言葉は使わないと身につかないようで、今まで全く入ってこなかったナリス語が最近急激にわかるようになってきたとアンナさんから聞いた。

カイは中でもナリス語の上達が早く、本人の希望もあって従業員になってくれた。

店の名前は、『トルトゥリーナ』。

建国祭の時、花あられを売った器にデザインした亀の名前だそうだ。

サリーを中心とした菓子店も大通りから1本外れたところに開店予定だ。

こちらもバイロンさんが今までに培った人脈をフルで使って、店と従業員を確保してくれた。

プリンに関しては、もう既にレシピがあるし、菓子店で雇った従業員二人は海街の人とは違い言語の問題もない。

あとは新商品のパイを作れるようになるだけだ。

売り子も新たに募集して、内装だとかパッケージのデザインだとかそういう細かなところも今あれこれ検討中。

こちらの店の名前は、『瑠璃のさえずり』。

海街の店の名前が亀だからというわけではないが、その名前を聞いて動物をモチーフにするのが良いと思った。

思いついたのは、オオルリという名の鳥。

森の中で、声高く、ピリリン、ティリリ、ピピリンと歌うように鳴く鳥で、クラティエ帝国の前身ナリス王国の貴族たちは、森へこの鳥のさえずりを聞きにピクニックに行ったという話を本で読んだことがある。

その頃の貴族たちは、この鳥のさえずりを聞きながら、紅茶を飲み、絵や音楽について語らうことが風流だったのだ。

そんな話から、プリンやパイも優雅な気持ちで食べてほしいとこの名前にした。

それに、私の故郷ドレイト領では、ルリビタキという鳥がいて、その鳥は幸運を運んでくるという。

つまり風流な鳥オオルリと幸運を運ぶルリビタキ。

2羽のルリにあやかり、この名をとったというわけだ。

どちらもきれいな青い鳥だから、店のイメージカラーは濃い青色だ。

サリーは私が学校に行っている間は、新人二人にパイとプリンを作れるように指導し、私が帰ってきてからは私と一緒に新商品の試作。

トルトゥリーナと瑠璃のさえずりは、同時に開店し、相互にお客を集めようとの企みなので、互いの店を思わせる新商品を開発中なのだ。

といっても、もう既に店を始めると決めてから、あれこれ試作していたので、ある程度は決まっている。

あとはみんなの反応次第。

サリーだけでなく、ルカも忙しい。

というのも、ラインキーパーと調整パッドはバイロンさんがあっという間に商品登録を済ませ、人材の確保もしてきたからだ。

今ルカは昼の間、新人にラインキーパーと調整パッドを作れるよう指導しつつ、足の幅を測る重要性とか、測り方を教え、さらに夜の空いている時間に木型づくりをしている。

ドレイトで作っていた木型は、ドレイトで育てた職人が使えるように置いてきたのだという。

こっちは店を持たず、オーダー製にするらしい。

工房もおいおい準備するが、まだ実入りの少ない靴事業は、今のところ我が家が工房代わりだ。

4月になり、賃貸として貸していた2階の部屋も契約満了だ。最初から1年で出ていかねばならない可能性も話していたので、入居者の人たちともトラブルにならず、賃貸業を終了した。

現在は、3階は私とサリーが住み、2階がルカとネイトの部屋と工房代わり、1階はバイロンさんの部屋であることは変わりないが、入居者用の応接室と調理場は、テルミスグループの会議室と試作部屋となっている。

言うまでもないことだけど、一番忙しいのはすべての事業に携わっているバイロンさんだ。だから、何かあるとみんながバイロンさんのいる1階に集まる。

ナオももうすぐ開店する店の相談で来ていたらしい。

「いらっしゃい、ナオ。それが終わったら、開店記念の限定商品食べていって。サリーと私はこれでもう完璧だと思うんだけど、みんなの意見も聞きたいから。バイロンさんも食べてくださいね」

「わかったわ」

「わかりました。サリーに多めに作るよう言ってくれます？　それを夕食にしますから」

この発言一つでバイロンさんの多忙ぶりがわかるというものだ。

休んでほしいとは言っている。

けれど、テルミス商会がずっと売りたいと思っていたプリンを取り扱っていることを知って、バイロンさんのやる気はマックスだ。

今まで身にまとっていた優しい、ゆったりした時間はどこへやら、今のバイロンさんはすごいスピードで走り続けている。

それも今までより生き生きと走るのだから、しつこく休んでとも言いづらい。

好きなものには猪突猛進タイプだったのか……意外だ。

「サリーに簡単な食事も作るようお願いしますから、ちゃんと食べてくださいね。ナオも一緒に夕飯食べていって」

ネイトは私の学園の送り迎えをし、下校後はずっと私について回る。バイロンさん曰く、私が学園にいる間は家で訓練漬けらしい。

え？　ずっと？　運動音痴な私には考えられないが、ネイトはドレイト領にいた頃はもっとやっていたからと涼しい顔だ。

ナオとバイロンさんの話し合いが終わり、みんなで食事だ。

もちろん、木型を作り始めたら夢中で時間を忘れ、寝食抜きがちなルカも2階から無理やり引っ張ってきた。

みんな忙しいから、手早く食べられるチャーハンをみんなで食べる。

「ルカ、おかわりいる？」

サリーが振り返って聞く。

「食べる。大盛りでよろしく」

「ネイトは？」

チャーハンをかき込みながら、ネイトが必死にうなずく。おかわり前のチャーハンも二人は大盛りだった。

食べ盛りってこういうことか。

「ナオミさん、それだけでいいの？」

二人とは対照的にナオのお皿には少しだけで、それを見たバイロンさんがびっくりしている。

「だって、最後に試食もあるじゃない」

そう言っているが、夜は海街でナリス語を教えているので、夜食を食べるから少なめにしているのだ。つまり何が言いたいかというと、ナオも忙しい。

そんな風にみんなが忙しい中、集まって食事をする。

みんなで食べるのは、とても美味しい。

こうやって、和気あいあいと食事をするとなんだか家族みたいな気がしてくる。

「さぁ、食後のデザート。トルトゥリーナと瑠璃のさえずりの開店記念商品、チーズパイと苺のスムージーですよ」

サクッとするのは、チーズパイ。

瑠璃のさえずりは菓子店だから、基本的に甘い物しか売らない。

けれど、パイは砂糖をかけるだけでなく、チーズをかけたり、シチューにかぶせたり、いろいろ活用法がある。

だから今回は甘くないパイをトルトゥリーナで売る。

花あられと同様、空調の魔法陣の中に入れておけば、売る直前までサクサクのはずだ。

「これいいね。チーズとピミエンタ、あと他にも香草が入っている？　砂糖をかけたパイも美味しかったですけれど、甘くないパイもいいですね」

「このねじった形もなかなかなくていいと思う」

うんうん。なかなか好評だ。

「こっちは、瑠璃のさえずりで？　ピンク色で可愛いわ」

ここにいるメンバーはみんな甘麹ミルクを一度は飲んだことがあるから、それに細かくつぶした苺を混ぜたと言えば、すぐに伝わった。

この日の夕食会兼試食会は終わったけれど、開店まではもうわずかでやることは山盛り。

結局、その日以降も毎日のようにみんなで夕食を食べることが習慣になった。

土日の休みの日はここにアルフレッド兄様も加わる。

ルカ、サリー、ネイト、バイロンさん、ナオ、アルフレッド兄様に私。もうこれは大家族だ。

クラティエ帝国に来た時は、ここでこんなにも居心地のいい居場所を見つけることができるなんて思いもしなかった。

イヴが去り、アイリーンも宮殿に行って、一人になったような気がしていたのに。

あぁ、なんか幸せだ。


Sクラスになって、私の毎日は快適だ。

何か文句を言われることも、ぶつかって巨神兵のあだ名が広まることもない。

というのも、昼休みに一緒に昼食を食べようと約束しているナオとデニスさん、同じクラスのライアス皇子とクリス様、研究所のユリウスさんとジュードさんしか学校ではほとんど会わないからだ。

体術のクラスの時は、他の魔法科の生徒と一緒に受けるのだが、いかんせん私の体力が他の人と比べようになく悪いということで昨年同様、私一人別メニューだ。

社会学は、週に二日になったからとても楽になると思っていた。毎日毎日レポートを出していたのが、週2回になるのだから。

ところがそんな期待の入った予想は完全に裏切られることになる。

去年は毎日レポートを提出していたが、大体1枚に収まる様なレポートだった。多くて2枚だろうか。

それが今年ときたら、週に2回とはいえ、5、6枚にも及ぶレポートなのだ。

全くオルトヴェイン先生は相変わらず容赦がない。

薬草学、魔物学は2学年ではもうないけれど、薬草学の助手は続けている。

魔法の授業が自由参加になったので、薬草学の助手をしていても昨年ほど忙しくない学生生活だ。


2学年が始まって2週間。

待ち望んだ日がやってきた。トルトゥリーナと瑠璃のさえずりの開店日だ。

今日を迎えるまで本当に忙しかった。

開店記念の新商品を開発もしたけれど、それだけではなく、開店時は通常より売れるだろうと商品をせっせと作り、開店のチラシを配ったり、内装や価格の最終確認をしたり……何度見直しても、どこかに穴がありそうで、全員一丸となって、これでもかというほど隅々まで確認した。

今日は休日なので、ナオも私も学園は休みだ。

だから、ナオはトルトゥリーナで、サリーは瑠璃のさえずりで、責任者として一日店に常駐する。

私とバイロンさんは、交代で2店舗を見回る予定。私の担当は、午前は瑠璃のさえずり、午後がトルトゥリーナだ。バイロンさんはその逆で、午前にトルトゥリーナ、午後に瑠璃のさえずりに来る。

「サリー、いよいよね」

私、サリー、新人二人、売り子みんなが店の中央に集まる。

開店前のまだ誰もお客さんが来てない時間にみんなで手分けして清掃し、商品の確認もした。

お金のやり取りも再チェックした。できる準備はもう全部したはずだ。

サリーと新人二人、売り子もみんな揃いの白い制服を着ている。

首元に巻かれた青いスカーフ、青いラインの入ったエプロンが白に映え綺麗だ。

店内も白と青を基調としているので、とても合っている。

「はい。ついにです！　お嬢様、いえオーナーから一言お願いします！」

「え、私？　こんなことならちゃんと考えておけばよかった」

そう言うと、みんなもふっと笑う。

私も一息吐いて、みんなを見回す。

「みんな、今日までご苦労様です。私にとっては初めての店で、何をどうすればいいかわからない

こともあり、みんなにたくさん助けてもらいました。今日この日を迎えられたのは、みんなのおかげ。けれど、今やっと私たちはスタートラインに立ったところ。今日、そしてこれからの毎日が常に新しい一歩を歩むことになります。この先大変なこともあるかもしれませんが、私たちなりに一歩一歩前に進みましょう！」

なんだろう。胸が熱い。

女性だからと料理人になれなかったサリー、ライブラリアンだからと学校も結婚も仕事もできないと思われていた私。

たくさんの人に支えられて、このクラティエ帝国で学校に通うことができた。

そして、やっとお店も出すことができた。

サリーと店を出そうと約束したのはもう3年も前のこと。

やっと、やっとここまで来られた。

「さぁ！　事前に告知していたからきっと注目度は高いはずよ。今日はきっとたくさんのお客様が訪れる。今日一日笑顔で頑張りましょう！」

「「はい！」」

店の清掃よし、商品の準備良し、服の乱れもない。

「では、開店するわよ」

ガラス窓の向こうには、開店待ちをしている人々が見える。

私を先頭に、従業員みんなでドアを開け、外に出る。

「瑠璃のさえずり開店です。皆さまこれからよろしくお願いします！」

声を張り上げ、みんなで礼をする。

パチパチパチパチ。開店を待ってくれていた人たちが拍手をしてくれる。

それだけで、良かったと思ってしまう。

挨拶を終えると、中で接客だ。

プリンは飛ぶように売れていった。

お客様から話を聞くと、トリフォニア王国でプリンという菓子が流行っているという情報を知っている人がいたようだ。

あのプリンがクラティエ帝国でも食べられるとあって、知っている人は注目していたらしい。

その注目から、知らない人たちも「プリン？　何だそれ？　そんなにすごい菓子なのか？」と興味を持ち、それでこの開店待ち現象になったという。

トリフォニア王国では店舗のない販売だったのに、遠く離れたクラティエ帝国でも知っている人がいたことにびっくりした。

プリンの情報を知っている人はすべての味を買っていく人が多く、「そんなすごいのか？」とつられてきた人は普通のプリンを購入していった。

アルフレッド兄様の友人の騎士様も買いに来てくれた。

「アルフレッドからよく話に聞いていたので、気になって来てしまいました」

今日は天気にも恵まれ、雲一つないいい天気だ。

騎士様は急いでこられたのか、待っている間が暑かったのか、ハンカチで額をぬぐっている。

「ありがとうございます。良かったら新商品の苺の甘麹ミルクもどうぞ。開店記念の商品なので期間限定ですし、疲れも吹っ飛びますよ。何より冷たくて美味しいです」

そう言うと、迷うことなく騎士様は苺の甘麹ミルクを買ってくれた。

他のお客様の邪魔になってはいけないと購入後すぐに店舗の外にある椅子に座って飲んでくれた騎士様は、飲み終わると「美味しかったです。ごちそうさま！」とにこやかに言ってくれたので、まだ行列に並んでいる人は甘麹ミルクに興味津々。

騎士様が来店した後は苺の甘麹ミルクも飛ぶように売れた。

凄い宣伝効果だ。

新商品のパイはそれほど売れていなかったが、一口大の試食を作ると徐々に売れ出した。

パイが焼ける時の香り、さくっとした食感が受けたようである。

そうして、午後。

海街の入り口にあるトルトゥリーナにつくと、そこには驚きの光景が広がっていた。

瑠璃のさえずりは開店待ちの行列ができていたが、ここは人だかりができていたからだ。

何かはわからないが熱気さえ感じる。

トルトゥリーナは、海街の入り口で、海街の人が働き、海街の食材を扱っている店。

何かトラブルだろうかとドキドキしながら、何が起こっているのか中の様子をうかがおうとするも、人が多すぎてよく見えない。

ぴょんぴょんとジャンプしても、背伸びしても……見えない。

「ぷっ。全然飛べてねぇし」

横で私のことを笑うのは、今日も私の護衛としてずっと一緒にいるネイトだ。

ネイトが私を抱いてぴょんと飛ぶ。身体強化のスキルがあるネイトは「すみません！　店の関係者です！」と言って楽々と人だかりを飛び越え一番前に座った。

そこでようやく集まっている人々の顔を見る。怒っている人はおらず、みんなわくわくしたように何かを待っている。

トラブルではなさそうだとほっと胸をなでおろしつつ、いったいどういうことだろうと首をかしげていると、店を囲む人たちがどよめいた。

店の中から誰か出てきたようだ。

「さぁ！　お集まりの皆様、お待たせしました！　今から焼きますのは、何の変哲もないこの肉。普通に焼けば、歯ごたえ抜群の肉の出来上がりだ。だが、今日お見せするのは一味違う」

軽快なリズムで話し始めるのは、チャドだ。

なんとなく通販番組を見ているかのような語り口。こんな才能があったのか。

チャドは店の前で、２枚の肉を焼いていく。

「今焼いているこのお肉、一つは塩と胡椒をかけただけのいつもの肉、もう一つはうちの店でしか取り扱ってない特別な調味料を使った肉だ。さて、この肉を食せる幸運の持ち主は誰かな？」

「俺だ！」「私も」と次々に手が上がる。

10人ほどの人が選ばれ、二つの肉を食べ比べる。

「まぁ、なんて柔らかい」

試食した人が驚きの声をあげている。

なんだかますます通販のようになってきたところで、後ろから声がかかる。

「でも、どうせ時間をかけて処理をしたんだろう？」

「よくお気づきになりました！　ええ、このお肉、実は1時間かけています」

周囲からは、「なんだ」「やっぱりな」「肉の下処理に1時間もかけてられねぇよ」といった声が上がる。

そこですかさず、チャドが言葉を重ねる。

「ですが、私が手をかけたのはたった1分！」

今度は「なに？」「どういうことだ？」と一瞬にしてどよめき始める。

チャドはもうここに集まる聴衆の心をがっちりつかんだに違いない。

凄い才能だ。

「私がしましたのはこの塩麹という商品に、切った肉を漬け込んだだけ！　私は料理人ではありませんし、料理人を目指したこともありません。そんな素人の私でもこれさえあればこんな美味しい肉を焼けるのです」

今度はシーンと静まり、一言もチャドの言葉を漏らすまいと真剣に聞いている。

「忙しくて手の込んだ料理ができない？　丁寧に肉を処理するのが面倒？　これがあれば大丈夫。

忙しい貴方の代わりにこの塩麹が肉を柔らかくしてくれます。料理人の皆様、ここに漬け込んでいる間に浮いた時間でもう1品作れます。忙しい主婦の皆様、これに漬け込んでいればあとは焼くだけでもうメインはばっちり出来上がり！」

これはいい方法を考えたわね。

周りのお客さんの反応を見てみても、かなり好感触だ。

最後にチャドは、期間限定のチーズパイの売り込みをして、ショーを終わらせた。

ショーを見ていた人が、ぞろぞろと店へ入っていく。

トルトゥリーナもいい出発が切れたみたいだ。

その後ようやく店の中に入れた私は、視察しつつ、接客の手伝いをする。

閉店後、ナオと話す時間ができた。

ショーのことを話すと、午前中は人が来なかったらしく、何とかしようと屋台の時にした「匂いで釣る作戦」を実行したと言っていた。

その後チャドの語り口がすごかったと大いに盛り上がり、そろそろ帰ろうという頃にアルフレッド兄様がやってきた。騎士として働いている兄様は今日仕事で来られなかったのだ。

それでも何とか間に合わないかと息が切れるほど全力で走ってきてくれた。

ユリウスさんの研究室では、今スキルと魔法陣の違いを調べている。

それゆえ研究室での私の役割は、算術の苦手なジュードさんの代わりに経費を計算することと魔法陣のことをユリウスさんに教えることだ。

ユリウスさんからはスキルで発動する魔法について教えてもらっている。そこで魔法陣とスキルの違いから「スキルとはなんだ」ということを考えているらしい。

ちなみに研究室に行った初日、ユリウスさんに言われた「スキルは初級止まり」という意味について聞いた。

私はスキルが初級と言われて、どういうことだろうかと悩んでいたというのに、彼は自分が言った言葉を全く覚えていなかった。

「先日、試験の時にスキルが初級止まりとおっしゃったじゃないですか」

「あぁ、そうだったな。君はライブラリアンだから前例がないのだが、火、水、風、地といったスキルの場合、ある程度スキルアップの道筋があるんだ」

ユリウスさん曰く、スキル判定を受けた直後はただ火を出す、ただ水を出す程度なのだという。

確かに私の鑑定の時、他の子供がちょっとだけ水を出していた。

それから魔法を使っていくにつれ、先ず扱える火や水の量が多くなる。

個人個人魔力の量が違うため限界があるそうだが、それでもその人なりに扱える量が増えていくそうだ。

次に火球《ファイアーボール》のように比較的小さく、単純な形に魔法を変えることができるようになる。

これが初級の域だ。

さらに上達すると、もっと複雑な形を作ることができるという。

これが中級。

おそらく私が誘拐されかけた時に使った土の手などはこれに当たると思う。

ユリウスさんの話では火を竜の形にした火竜《ファイアードラゴン》なんて技を使う人も過去にはいたらしい。

そして複雑なだけでなく、かなり小さいものを大量に扱えるのも中級だ。

水を雨のように降らすのもこれに当たるし、土の弾を何発も同時に撃てるのもこれに該当するらしい。

そして、もっともっと上達すると状態を変化させ、別の効果を持たせることができる。

風刃《ウインドカッター》などがいい例で、風のスキルだとただ風を出すことしかできないのに、その風を刃状の形にし、さらに風に圧をかけ、物体を切断できるほどの効果を持たせている。

このようにスキルは進化していくらしいのだが、その理論でいうと私は読める本が多くなっただけ。つまり、扱える火が増えたのと同じこと。

本の形が変わったのも、もともと簡素とはいえ本の形をしていたわけだし、0から1を生み出すより簡単なはずで、だから初級と称したのだとか。なるほど。

ちなみにそんなに頑張らなくてもできるのが初級までであり、学校に通って学ぶことができない平民でも初級までは大抵使えるのだとか。

確かにユリウスさんの説明を聞くと、私のライブラリアンのスキルは初級なのだと思う。

ライブラリアンは本が読めるだけ。

ずっとそう思っていたし、それ以外の使い方なんて考えたこともなかったから。

昼時になり、急いで研究室から食堂へ向かっていると、声をかけられた。

「て、テルーちゃん！」

振り返って、声の主を探すけれど、知り合いはいない。

私は平民で、10歳の他国出身者だ。さらに言えば、偽聖女疑惑があり、巨神兵という不名誉なあだ名まである。だから私に話しかけるなんて知り合いしかいないはずなのだけど……。

聞き間違いだったかと思い、くるりと前へ向き直り、また食堂へと歩を進める。

「ちょっと、テルーちゃん。僕が呼んでいるのにひどいなぁ」

「え？」

いきなり手を掴まれた。やっぱり私を呼んでいたのかと思ったけれど、手を掴んでいる人と全く面識がない。

「一緒にお昼でもと思って声をかけたのに、無視なんてひどいなぁ」

誰かはわからないけれど、この学園のほとんどが貴族だ。

下手な対応は面倒になる。

「申し訳ありません。まさか私などの名を呼ぶ方がいらっしゃるなんて思いもしなかったので。あ、あのどうして声を？」

「ん？　だから一緒にお昼を食べようと思ったんだよ」

話が通じなかった。何故全く接点のない私たちが一緒にお昼を？　と聞いているのに！

「ありがとうございます。せっかくのお誘いですが、今日は約束がありますので、失礼します」

ちょっと言い逃げした形になってしまったが、怖くなって足早にそこを離れた。

だが、食堂へ行く間にも何人もの人に「あ、テルーちゃん。こんにちは」「今度一緒に昼食食べようね」などと声をかけられた。

急にみんなどうしたの!? 私、巨神兵だよ！ 掌返しが凄くて、声をかけてくれて嬉しいどころか困惑だ。

やっとのことで食堂につく。何もしてないけれど、何だかどっと疲れてしまった。

「はぁ～。ナオ、デニスさん、遅れてごめん」

「いいよ。どうせいろんな人に声かけられていたんでしょ？」

「え？ 何で知っているの？」

「テルー、君は自覚した方がいい。今や君はSクラス。Sクラスなんてみんながなれるものではないんだ。一人もいない年だって珍しくない。そんなクラスに入った君はすごく将来有望ってことだ」

デニスさんも真面目な顔で話してくる。将来有望？

ライブラリアンが？ 役立たずのライブラリアンが……有望？

「そう。だからみんなお近づきになっておきたいってことなのさ。だけど、気をつけて。足を引っ張ってやろうとか、使い潰してやろうと思っているような悪い奴だって中にはいるはずだから」

デニスさんは、やはり貴族に対して少し身を構えているようだ。

入学当初ナオに聞いたいじめにあった聖魔法使いは、デニスさんと知り合いだったのだ。

だから、人一倍心配してくれている。

とりあえず、あの馴れ馴れしく手を摑んできた人とはあまり会わないようにしよう。

大体名乗りもせず、なぜ一緒にお昼を食べられると思ったのか。

私が平民だからか。あ、思いだしたら腹が立ってきた。

でも、せっかくの美味しい料理がもったいないから忘れろ、忘れろ。

昼食後は体術の授業だ。

一人別メニューなので、授業中はさすがに声をかけられなかったが、チラチラと視線を感じた気もする。デニスさんがあんなことを言うから自意識過剰になっているだけかもしれないけれど。

でもなんとなく声をかけてほしくなくて、授業が終わると足早に去った。

授業後も周囲をきょろきょろと見回しながら、校門へ向かう。

門から学園の外に出ると塀にもたれかかりながら、いつものようにネイトが待っていた。

鮮やかなネイトの赤い髪はとても見つけやすい。

「ネイト！　行きましょ」

とにかく学園から遠ざかりたい私は、ネイトの手を摑んでずんずん進む。

家の前に着くかというところで、ネイトがこそっと言う。

「もう少し遠回りするぞ」

私の了承も待たず、今度はネイトが足早に歩きだす。あっちの道、こっちの道。道を曲がるたびにスピードが上がり、私はほとんど足が地についていないような状態だ。

そして、また道を曲がるとすぐ「声は出すなよ」と言って私を抱いて跳躍する。

びっくりして声も出ない。

気がついたら、いくつかの家の屋根を越え、塀を越え、我が家のバルコニーに到着していた。

涼しい顔で「で、これどういう状況？」とネイトは聞いてくるが、私の方が聞きたい。

「待って。はぁっ、はぁっ。なんで、こんな、帰り方に？」

ネイトが私の体力のなさにあきれながら説明してくれるには、学園からずっとついてきている馬車があったそうだ。

全然気がつかなかった。

昼は突然手を摑まれた。なんだか無能だと思われていた時の方が平和だったな。

顔を青ざめさせる私に「で、心当たりは？」とネイトが聞くので、Sクラスになったことやそこから注目されていることを話す。

ネイトはいつになく真剣に聞いている。それから、考え、考え、こちらが何を考えているのか心配になってきた頃口を開いた。

「なぁ、俺もマリウス様が持っていたアレが欲しいって言ったら困るか？」

「マリウス兄様のアレ？」

「ほら、手紙送れるやつ。俺も一緒に生徒として通えれば学園内でも護衛ができていいんだけど、試験があるから無理だろ？　それでどうしたらいいか考えたんだけど……単純にお前の声が聞こえたらいいんじゃねぇかって思ったんだ。お前が『助けて』と言ったら助ける。たとえ学園にいようとどこにいようと」

それには、私がいつでもどこでもネイトに「助けて」と言える環境が必要だ。そういう考えに至り、マリウス兄様の持っていた文箱《メッセージボックス》を思い出したというわけらしい。

「危ない時に手紙書く余裕なんてなさそうだから本当は声がいいんだけどさ。毎日ずっと学園の門のところで耳を澄ませていたら、俺の魔力もなくなって、結局いざというとき助けられないからな」

ネイトのスキルは身体強化だ。だからこそスキルを使えば、遠くの声も聞こえる。だけどネイトも言う通り、毎日私が学園にいる間耳を澄ませるというのは現実的じゃない。

ピンチの時に手紙を書く余裕がないというのも納得だ。でも……もしかしたらできるんじゃないだろうか。文箱《メッセージボックス》の魔法陣を改良したら声だって。

今度は私が思考の海に沈んでいたところで、中からがちゃりとバルコニーの扉が開いた。

「お嬢様もネイトも俺の部屋の前で何してるんですか」

ネイトが降り立ったバルコニーはルカの部屋の前だったらしい。ごめん、ルカ。


その日から私は声の届け方を考えるようになった。

声を届ける。つまりは前世の電話という物だ。

「多分、この文箱《メッセージボックス》の応用だと思うのよね」

文箱《メッセージボックス》の魔法陣を見ながら呟く。

やっぱり……この魔法陣は不思議。このマークなんてどの本でも見たことがないのに、なぜか感覚的にこれが転移に使う属性だってわかった。

「この部分は転移先を表しているから、転移する物はここに表現されているのかな？」

「転移？　そんな魔法まで学園では習うのか。すげぇな」

部屋の隅でネロと遊びながら、私の魔法研究に付き合ってくれているネイトが聞く。

「いや、学園では習わなかったんだけど……なんでかこの魔法とは相性がいいみたいで、すぐ理解できるし、すぐできるようになるんだよね」

ネイトは何かに気がついたように眉をあげ、一呼吸おいて話し始める。

「それってお前もお前以外に使っている人を知らないってことか？」

「そうよ」

「なら、ライブラリアンの力か」

なんてことないようにネイトは言うが、私は目が点になった。ライブラリアンの力？

「それ、どういうこと？」

「普通はスキルの呪文を唱えれば魔法が使えるだろ？　お前があまり勉強しなくてもできるようになったんなら、それがスキルの力だからなんじゃねーの。お前のスキルが珍しすぎるからみんな知らねぇだけで」

転移がライブラリアンの力……？

そんなこと考えたこともなかった。本が読めるだけだって……そう思っていたから。

でもネイトの言葉には、そうかもしれないと思わせる何かがあった。

私のスキルだから、これを理解でき、楽に文箱《メッセージボックス》を作れたのか。

じゃあ、私の能力は本が読めることと何かを移動させること？

手元にあった文箱《メッセージボックス》をまじまじと見つめながら、ネイトの言葉を考える。

だとしたら、この箱をどこかに飛ばすこともできるということ？

それはただの思い付きだった。

文箱《メッセージボックス》を見て、部屋の入り口付近に立つネイトの手を見る。

「転移《テレポート》」

そっと声に出して呟いてみた。

「わっ！　おっとと」

ネイトが突然手の上に出現した箱に驚き文箱《メッセージボックス》を落としそうになる。

すれすれのところでキャッチして、私をじろりと見つめる。

「お前……。やるなら先に言えよ」

「ごめん。でも、できた……よね？　え！　じゃあそういうことなの!?」

「そういうことなんじゃねーの」

驚く私に、驚かないネイト。

ネイトの言い分によれば、ライブラリアンというスキル自体が普通ではないのだから、普通じゃできないことができても何も不思議ではないそうだ。

勝手に人を変人扱いしないでほしい。

じゃあ音も転移させることができるかと考えたけれど、音にどう転移魔法をかけるんだ？　と頭を抱え、最終的に、録音した声を転移させるイメージならできるのではと考えた。

部屋にあった羽ペンに小声で話しかけ、ネイトの横の棚にある花へ飛ばす。

「転移開始《テレポート》。もしもしテルミスです。どうぞ」

すると、「どうぞ」と言い終わると同時に、花から私の声が聞こえてきた。

「で、できたわ！」

「今のはさすがにすごいな！　俺の声も飛ばせるのかな」

わくわくした様子でネイトは花に語り掛ける。だが、もちろんできない。

「ネイト、その花に付与しているわけじゃないからできないわよ」

それから部屋の中の物をいろいろ転移させて実験してみた。全く新しい魔法に夢中になっている私の手首を突然ネイトがつかんだ。

「やりすぎだ。顔色が悪くなっている。初めての魔法を使いすぎて倒れて、アルフレッド様に怒られたんじゃなかった？」

そうでした。


翌朝、ナリス学園に行くと周りから聞こえる位のヒソヒソ声が聞こえてきた。

「全く、落ちこぼれのCクラスだから才能に嫉妬しているのでしょ」

「だからといってねぇ。他人を蹴落とそうとするなんて品がありませんわ」

誰のことだろうかと思っていたら、いつの間にか近くに来ていたデニスさんが小声でジェイムス様のことだと教えてくれた。

聞けば、私たちがAクラスに上がった時、ジェイムス様たちが声高に不正だと叫んだことはクラス発表の場だったこともあり、学園にいる者ならだれもが知っている。

その後ジェイムス様といつも行動を共にしていたレスリー様が学園からいなくなった。

事件のことは大々的に公表されたわけではなかったが、何かあったと考えている人たちは多いらしい。

そこで、ジェイムス様から少しずつ人が離れていき、今ジェイムス様はいつも一人で過ごしているという。

そんな中私がSクラスになり、やっぱり不正なんかしていなかったと認識するとともに、私の価値が上がり、私に取り入ろうと、私と過去色々あったジェイムス様をチクチク攻撃している人がいるんだとか。

ヒソヒソ話している彼女らの視線を追うと、ジェイムス様が一人で歩いていた。

そっか……。だから今回のクラス発表の時静かだったんだ。

今まで心無いことを言われたりするのは嫌だった。

それに確かにジェイムス様とはいろいろあった。

だけど……だからといって、いじめられているのを見て、ざまぁみろなんて思わない。

今ジェイムス様にヒソヒソと悪口を浴びせている人たちは、私に取り入ろうとしているということだ。

もしかして、私がSクラスに上がってずっとジェイムス様はこの状態だったのだろうか。

私のせいで？　もちろん私がいじめろと指示したわけではないけれど、なんか……嫌だな。

ジェイムス様と視線が合う。一瞬でそらされる視線で何かやらなければ、と思う。

何か、何か……。

「ジェイムス様！　おはようございます」

笑顔で挨拶した私を見て、ヒソヒソ話をしていた女の子たちは驚き、口を閉ざした。

ジェイムス様も驚いていた。


あれからそれぞれ授業を受け、今は昼休み。ナオとデニスさんと昼食を食べる。

「朝ジェイムス様に挨拶していたけれど、いいの？　いろいろあったじゃない」

「わからない。でもね……私あの時嬉しかったの。入学してすぐ先生から褒められて、Cクラスのみんなから反感を買っていたあの時にナオが声をかけてくれたのが」

貴族から反感を買っている平民なんて、本当なら関わらない方がいいのに、ナオは一緒にお弁当を食べて、忠告までしてくれた。嬉しかった。

それに……どんな状況でも変わらず声をかけてくれる人がいるというのは、すごく救われると思うのだ。

ジェイムス様のことを好きなわけではない。けれど、自分のせいであんな状況になっているのは嫌だ。

だから私くらいは今までと変わらず接したい。

そんな話をすれば、ナオもデニスさんも今のジェイムス様の状況には思うところがあったようで、明日から挨拶すると言っていた。


昼食後は研究室へ行く。

最近私は『発明を支えた欲望たち』という本を読んでいる。

この本は魔導具を発明した偉人たちが、どういう経緯でその魔導具を発明したかを記した本だ。

結構面白い。私もよく使う空調の魔法陣を付与した魔導エアコンは、昔々飽食の限りを尽くして太ってしまった大魔法使いが夏の暑さに耐えかねて作ったとか、魔導具を作ったきっかけが個人の欲望で結構面白いのだ。

そういえば……。我が家の魔導エアコンに魔法陣なんてなかった。

それは魔法陣が廃れてしまったから仕方ないのだけど、今の魔導具ってどうやって作っているのだろうか。

「ユリウスさん、私が魔導具を作ろうと思うと魔法陣を描く必要性があるんですが、今の魔導具ってどうやって作っているんでしょう」

「どうって、付与魔法師が何人かで付与して作るんだろう」

あぁ、そうか。付与魔法師ならスキルで付与ができるようになるから魔法陣がいらない。

でも、え？　複数人で？

「例えばこの魔導コンロ。この魔導コンロなら火の付与魔法使い3人がかりで付与しているんじゃないか？」

「3人!?」

そりゃ、魔導具の値段が高いはずだ。税金が高いからだけじゃなかったんだ。

「Sクラスへの昇級試験で私が君に使った魔導武器なら10人以上の魔力がいるんじゃないか？　実はあれはトリフォニア王国の反乱で使われたものだったんだが、あれを作った付与魔法使いは、より多くの魔導具を作るためにスキル狩りをしていたくらいだ」

「え……」

魔導具を作るために、スキル狩り？

確かニールさんはレアとスキル狩りで誘拐された人たちがチャーミントン男爵領で見つかったと言っていた。でも、何のために誘拐されたかなんて……言ってなかった。

父様も兄様たちも、誰も何も言ってなかった。

私もみんなが無事だったことが嬉しくて、自分のことなのにみんなに助けてもらってばかりなのが不甲斐なくて、そんな気持ちばっかりで何のために誘拐されたかなんて気にもしていなかった。

魔導具のためのスキル狩り……魔導武器なら10人以上の魔力が必要……。

スキル狩りで誘拐された人たちは、魔力源？

その答えにたどり着いて、目の前が真っ暗になった。人を人とも思わないその考えが怖かった。

私もあと一歩でそうなっていたと思うと体が震えた……。

だから誰も言わなかったんだ。

「……い、おい！　大丈夫か？」

気づけば、ユリウスさんとジュードさんに顔を覗き込まれていた。

二人とも心配そうな顔をしている。

「あ、はい……。大丈夫です」

そう答えたけれど、二人とも納得していない顔だった。

「君は今、ひどい顔で震えているのに気がついていないのか」

ジュードさんが紅茶を淹れてきてくれる。

手に持った紅茶の水面が揺れているので、こぼさぬよう慎重に口に運ぶ。

温かい紅茶が体に広がって少しほっとする。

「すまない」

ユリウスさんがぽつりと言った。

「いえ、こちらこそ急にすみません。ご心配をおかけしました。もう大丈夫です」

よく考えれば、ユリウスさんは私がスキル狩りから逃げてきたことも知らないのだ。

そもそもトリフォニア王国出身だということも知らないかもしれない。

だからユリウスさんが謝る必要はない。

そう思ったけれど、ユリウスさんはこの私の反応で大方のことが分かったようだ。

「君は、スキル狩りから逃げてきた。そうだね？」

「はい」

その後のことはあんまり覚えていない。

ずっと頭の中はスキル狩りでいっぱいで、他のことなんて考えられなかった。

気がついたら家のベッドで寝るところだった。

パチン！

両手で頬をたたく。

スキル狩りについて考えるのはこれで終わりだ。もう父様や兄様たちが解決してくれた。

今更怖がったって何も意味はない。

恐怖は思考を停止させる。歩みを止めさせる。そして、考えれば考えるほど大きくなる。

恐怖を作り出すのは、誰でもない。私自身だ。

怖いなら、考えるな。歩みを止めるな。

一歩一歩進めば、とにかく足を止めなければ、動き続ければ怖くなくなるのだから。

スキル狩りはもう解決したんだ。

翌朝、ネイトがナリス学園まで送ってくれる。心の機微に聡いネイトは何かあったのかと私の顔を覗き込む。

「お前、大丈夫か？　昨日何かあったのか？」

こうやって私は、今までみんなに守られていたのだろう。

体だけでなく、私の心も。

「大丈夫。ネイト……、私、もっともっと強くならなきゃダメよね」

これからは守られているだけじゃない。

みんなが私を守ってくれたように、私も守れる人になりたい。

トリフォニア王国の反乱の時、みんなが守ってくれたおかげで私は安全な地でぬくぬくと不安もなく過ごせた。

でも、あの時思ったのだ。

みんなに何かがあったら。ここで知らせが来るまでヤキモキしながら待つなんて嫌だと。

ネイトは何も言わず、しばらくじっと私の目を見つめていた。

なんでこんなことを言い出したかと考えているのだろうか。ネイトは本当に鋭いから、内面を見透かされているようで少しドキドキする。

「いいんじゃねーの。今のままで。お前が弱くても俺が強いから問題ないだろ」

そういうことではなかったのだが、これは私が説明していないから仕方ない。そう思っていたのに、その言葉に続くネイトの言葉にドキリとする。

「俺はお前の護衛だ。お前の身を守ることは当たり前だ。身だろうと心だろうと守ってやる。だから……俺の前でくらい弱音吐いたっていいだろ」

ネイトのスキルは身体強化だ。目を強化すれば小さなものでもよく見えるし、耳を強化すれば遠くの声も聞こえる。そんなよく見える目とよく聞こえる耳があれば、本音もすべてわかってしまうのだろうか。


翌日研究室に顔を出す。

「ユリウスさん、ジュードさん、おはようございます！　昨日はご心配おかけしました。もう大丈夫です」

「本当か？」と言うジュードさんも「そうか」と言うユリウスさんも昨日の今日だし心配してくれていたみたいだ。

二人の顔はありありと「大丈夫か？」と言っている。

でももう大丈夫。大丈夫と決めたから。それに、どうしてもダメなときはネイトがいる。私の護衛が。心まで守ってくれる私の護衛がいるから。

午前中は研究室に引きこもり魔法陣とスキルの違いやそこから予想される仮定などをユリウスさんと議論し、午後はオルトヴェイン先生のレポートのため図書室に行く。

図書室の一番奥、日も当たらず、あまり借り手もいないのか全く動かされた形跡のない本棚の前の机に向かう。ここは、生徒が使う本からも遠く、日当たりも良くないため人が少ない。いつでも空いているその場所を私はひそかに穴場だと重宝していた。だが今日は違うようだ。

男子生徒が一人、突っ伏して眠っている。珍しいなと少し残念に思いながら、静かにしていたらいいだろうと眠っている男子学生の対角線に座る。

早速オルトヴェイン先生のレポートとメモ用紙を取り出す。資料室から借りてきた資料と本を突き合わせて、ガリガリとメモを取るが、レポートはまだ真っ白だ。

昨日も少し資料を探したりしたのだが、なかなか考えがまとまらない。真っ白のレポートとは対照的にメモ用紙は真っ黒だ。

ガリガリガリガリ。

レポートに役に立つのかどうかもわからないことをメモし、それをもとに仮説を立てていく。

気がつけば、眠っていた男子生徒がぼーっとこっちを見ていた。

ジェイムス様だった。少し、気まずいな……。

そう思っていたら、突然ジェイムス様が声をかけてきた。

「お前はなんのためにそんなに勉強しているんだ？」

え？

唐突な質問に固まっているとジェイムス様も不思議な顔をして首をかしげる。

「お前は平民だ。しかも女だ。普通ならどこぞの平民と結婚するのだろうが、平民同士の結婚だ。そんなに勉強する必要ないじゃないか。それにこんな学校に通わなければ俺らになんだかんだ言われる必要もないし、頑張って勉強してSクラスにならなければ貴族から目を付けられることもない」

た、確かに！

言われてみればその通りだ。

「暴言吐かれたり、狙われたりしてもなんでお前は勉強するんだ？」

なんで……？

考えたこともなかった。学園に入ったのは、オスニエル殿下とアイリーンの勧めだったから。でも、断ることもできた。家族が喜んだから？　確かに後押しにはなったけれど最終的に決めたのは私だ。

「あれ？　なんででしょう」

「なんだそれ」

ジェイムス様は呆れた顔をしている。

ジェイムス様の質問にモヤモヤとした気持ちを感じながら、気まずい空気を変えたくて話題を変える。

「ジェイムス様は勉強されないんですか？」

「ああ。俺には必要ないからな」

「必要ない？」

それからジェイムス様の話を聞くところによると、ジェイムス様の上には優秀なお兄様が二人いるそうだ。

もう跡取りもスペアもいる。充分だと。

「では、騎士になれと言われたのですか？」

ジェイムス様は騎士科だ。家の意向でそっちに進むのかもしれない。

「いや、言われていない」

ジェイムス様はそれ以上のことは語らなかった。何か思うところがあるのかもしれない。

何があるかは知らないが、ジェイムス様は伯爵令息だが家の義務、干渉はないらしい。

あれ？　それって……。

「自由ですね」

「は？」

私語が多いと言われて、図書室を出る。

今日必要な資料は見たから、今日は家でこれを基に考えてみよう。

私たちは門の方へ歩きながら話す。

「さっきの、自由ってどういうことだ？」

「えっと……。多くの平民は、私たちのように学園に通うことができません。通えても初等部くらいでしょう？　そうなると大抵の平民の将来は決まります」

スキルを活かした職につくか、家業を継ぐか、誰でもなれるが賃金、待遇の悪い職に就くかだ。

「多くの貴族だって将来は決まっています」

女性なら親に言われた相手と結婚することだろうし、男性なら親の跡を継ぐことだ。でもジェイムス様は違う。

クラティエ帝国一番の教育機関に在籍しているのだから、平民のようにこの仕事しかないという状況ではなく、努力次第で職を選べる可能性がある。しかも三男で、家からの干渉もない。

「だから、ジェイムス様の望むように生きられるじゃないですか。ジェイムス様は大人になったら何がしたいですか？」

大人になったら何がしたい？

前世ではありふれた問いかけだったけれど、今世では初めて使った言葉だ。

スキルと身分があるこの世界では、その二つでもうほとんど将来が決まっているようなもの。

自らの意志で何かになりたいと考える余地がある人なんてほとんどいなかった。

「大人になったら……」と考えられることって贅沢なことだったんだなぁ。

そんなことを考えながら、ジェイムス様と門へ向かって歩いている。

ジェイムス様は何も話さない。

もしかしたら彼も何がしたいなんて考えたことがなかったのかもしれない。

ジェイムス様が話さないのをいいことに、私もぼんやり考えごとをしながら歩く。

考えているのは、さっきジェイムス様が言ったあの言葉だ。

「お前はなんのためにそんなに勉強しているんだ？」

なんのためだろう？　何で勉強始めたんだっけ？　最初に勉強し始めたのは……多分6歳だ。

スキル鑑定でライブラリアンだとわかって、仕事も結婚も難しいとわかって。

私に何ができるかわからないけれど、知識は裏切らないからとりあえず勉強を始めたんだ。

領民のために何かしら役に立たなければという思いから毎日びっちり勉強の予定を詰め込んだら、メリンダに「お嬢様の幸せも探そう」って言われたのよね。

それから自由時間を設けつつ、算術したり、ゴラーの伝記を音読したりし始めたんだ。

ゴラーの伝記は面白かったなぁ……。

彼は興味を持ったものに一生懸命で、私が思い出した、前世で読んだ漫画の主人公たちみたいにキラキラ輝いていた。

そうだった。私、ゴラーや前世で読んだ漫画の主人公たちみたいなキラキラした人生を歩みたかったんだった。

それで……。

「ジェイムス様。わかりました」

少し前を歩くジェイムス様が振り返る。

「私は最高に楽しい人生のために勉強しているんです」

あの漫画の主人公たちみたいに、冒険家のゴラーのように何かに夢中になりたいのだ。

頑張った先にある景色が見たいのだ。

「勉強が楽しいのか?」

ジェイムス様が眉を寄せる。

「ちょっと違います。自分の楽しいこと、好きなことを知りたいから勉強しているんです。知らなきゃ好きも嫌いもありませんから」

少し先にあるベンチを見やる。あのベンチだって、大抵の人にとってはただのベンチだ。

でも、木について詳しい人なら木の種類に、木目の美しさに気づく。

もしかしたら歴史的背景があるかもしれない。

それを知っている人にとっては、これはただのベンチではない。このベンチに座って休憩するひと時だって楽しいはずだ。

そういう人から見た毎日はどんな景色なのだろう。

同じ物を見ているのに、感じることは人それぞれ違う。

きっとキラキラと輝いているんだろうな。

知っていることが増えるというのは、楽しく思う事柄が増えるということ。

こうやってたくさんのことを知っていく上で、私の一番をいつか見つけられるといいなと思う。

ジェイムス様には気軽に聞いてしまったが「大人になったら何がしたい？」という問いには私もまだ答えられそうにない。

「ジェイムス様は好きな人や物がありますか？」

「なっ！」

急にジェイムス様の顔が赤らむ。好きな人がいるのか。なんか意外。

好きなものでも良かったのに、好きな人を思い浮かべてしまうなんて青春だなぁ。

「言わなくてもいいですけれど、どんなところが好きか思い浮かびますか」

「あぁ」

「それと同じです。その方がたとえ絶世の美女だったとしても見たこともない人のことは好きになれないのです。今まで出会った人の中で好きな人もいれば嫌いな人もいるでしょう。でも等しく言えるのは、出会わなければ好きなのか嫌いなのかもわからないということです。だから私は勉強するんだと思います。勉強してたくさんのことを知れば知るほど、私が楽しいと思う事柄も増えるし、私が何を好きでどう生きていきたいかもわかる気がするから」

前世は何事にも一生懸命にならずに、なんとなく生きてなんとなく生を終えた。

この一生懸命になれなかった理由の一つは多分、自分の好きなものさえわからなかったからかもしれない。

前世は今世よりもたくさんの物があったし、たくさんの物事が簡単に知れた。

なんとなく生きていくだけでは、広く浅く好きなものはあれど、それを深掘りすることはなかったのではないだろうか。

少しでも好きだ、興味があると思ったことは、その世界に飛び込んでみたらよかったのだ。

そしたらあのキラキラな世界にたどり着けたかもしれない。

「なるほど。そうか」

ジェイムス様は何か思うことがあったのか、それからまた私と門で別れるまで何も話さずなにやら深く考え込んでいた。

その日からジェイムス様は少しずつ勉強するようになった。

会えば挨拶するだけでなく、立ち話をしたり、授業で習ったことについて議論をしたりすることもある。

放課後図書室で勉強している姿もよく見る。図書室で居眠りしている姿はもう見ない。

正直あのジェイムス様がこんなに変わるなんて思わなかった。

けれど、彼は必要ないと思っていたから何も勉強していなかっただけで、幼い頃は伯爵家で行われていた教育もちゃんと受けていたらしく、やればやるだけぐんぐん吸収していった。

こっそりデニスさんに聞いたところ、最近は私たちと一緒にいるからという理由もあるけれど、真面目に授業を受け、勉学に励むジェイムス様に以前のように嫌みを言う人はいないそうだ。

よかった。

＊

「ルカー、いる？」

扉の外から声を上げているのは、俺と同じくお嬢様の専属のサリーだ。

ノックではなく、声を上げたのはきっと手がふさがっているからだと思い、ドアを開ける。

案の定、手に持つトレーには新作であろうプリンを載せている。

「ありがとう。これ、新作なんだけど食べてくれる？」

「おっ、うまそう。もうお嬢様は食べたのか？」

「まだ……」

新作だというプリンには、カラメルが入っていない代わりに上につやつやと輝く苺のソースがかかっていた。

「うまい。見た目も可愛いから、女の子は特にこういうの好きなんじゃない？」

「そう。それに今回は苺のソースだけど、いろんな果物で汎用できると思う。それだけで何種類もの新作だよ」

新作が増えるのは良いことじゃないかと思ったが、サリーはなぜか元気なく肩を落としている。

「なんで元気ないんだよ。新作が増えていいじゃないか」

「これ……私は考えてないの。バージルさんが提案してくれたの。バージルさん私より年上だし、もちろん経験だって向こうの方が上。お店の回し方とか、コストの考え方とか、接客だってそう……私今まで下働きだけだったから、何も知らなくって……」

バージルさんは、瑠璃のさえずりの開店時に雇った料理人だ。

クラティエ帝国では有名な食事処でも働いたことがある腕利きらしい。

俺も会ったことがあるが、有名店で働いていたことを鼻にもかけず、お客さんにも店員にも丁寧な態度の紳士だ。

一方サリーは、お店の経験はゼロに近い。女性ということで下働きでしか雇われなかったからだ。

俺とサリーはドレイト領にいたころから、二人で切磋琢磨し、お嬢様を追いかけてクラティエ帝国まで来た戦友だ。

時に弱音を吐き、時に励ましあいやってきた。

瑠璃のさえずりが開店する頃は、サリーもかなり緊張していたのか毎日のように話しに来ていた。

そのサリーの話を聞く限り、そのバージルさんは無茶苦茶できる男である。

何もかもできるバージルさんと何の経験もないサリー。

今はサリーが店の責任者だが、サリーはずっと罪悪感？　劣等感？　いや、違うな……場違い感を感じていた。

それでも「プリンとパイは自分が作ったのだ」という一点を胸に頑張ってきた。

そりゃあ、店にとって良い新作まで考案されちゃ落ち込むよな。

しかも、それが美味しくて、見た目からも売れそうな良い商品だったらなおさら……。

「私がプリンを作ったのよ。誰よりもたくさん作ったことがある。なのに私こんな素敵なアレンジ、考えつきもしなかった……」

「そうか」

こういう時うまく慰められるといいんだが、俺はそういうのは苦手だ。

だがまぁ、相手はサリーだ。きれいな言葉じゃなくてもいいか。

「よかったんじゃないか。優秀な職人がいれば瑠璃のさえずりも安泰だろ？」

「そうなんだけど。私は……」

口をとがらせている。やっぱり、俺は慰めるのは苦手だ。

逆効果な言葉を口にしたのではないかと焦って、サリーの言葉を遮る。

「サリーは、お嬢様の専属だろ？」

「そうだけど？」

「だったらいいじゃねーか。お店はバージルさんに任せても。お嬢様が頼っているのは、バージルさんじゃない。いつだってサリー、お前だ。それに、バージルさんは今あるものをアレンジできるかもしれないが、サリーは今までにないものを作れるじゃん。それはサリーにしかできないってマティス様に言われたんだろ？」

サリーがはっとしたように顔を上げる。

「ありがとう。そうだった。私お嬢様の専属だ。今度は多分トマトで何か作ろうとしているの、お嬢様。チーズを使ったケーキも作りたいって言っていたし、何を作るのかすごく楽しみ。それで……この木型の山は何なの？　作り終わったと聞いたのだけど」

もやもやした気分が晴れれば、部屋中に散らばる木型に気がついたらしい。

せっかくだから、俺も話しながら作業させてもらう。

「あぁ、もう一セット作っているんだ。だって俺はお嬢様の専属だから」

そうだ。俺らは専属だ。俺らはお嬢様のいくところならどこへでも行くつもりだ。

お嬢様は今クラティエ帝国にいるが、ずっとというわけじゃない。

学園に通ってらっしゃるから卒業まではいるかもしれない。

でもそれからは？

ドレイト領に帰るかもしれないけれど、俺は何となく違うような気がしている。

だって、あのお嬢様だぞ。小さい体で、おとなしそうに見えて、なんでかいつも新しいことを引き連れてくる。俺の思いもかけない事態になっているんだ。

ドレイト領でも、クラティエ帝国でもない場所に行く可能性だってある。

どこへ行ってもお嬢様の靴を作り続ける。

それが俺の役割だ。

だが、俺の仕事には道具がいる。どこへでも行ってすぐにでも靴が作れるようにその環境だけは整えなければならない。

そうじゃなきゃ、ただのお荷物だ。

そんな話をサリーとすれば、サリーも専属としての気持ちを再確認したようだ。

「そうだね。私もお嬢様が行くところならどこへでも行きたい。私もいろいろと準備しないと。調理器具がどこでも手に入るとは限らないものね」

いや、さすがに森の中、山の中なんてことはないと思うんだが……。

「ルカ甘いわよ。お嬢様はカラヴィン山脈を越えて旅をしていた時の話を良くしてくれるんだけどね。結構楽しそうに話すの。山の中や森の中でもお嬢様は行くのに抵抗ないいんだから」

「そうか。じゃあブーツをもう少し改良してもいいかもしれないな」

冗談を言って、笑いあう。

サリーはもうすっかり元気になったようだった。

第七章＊私の進む道

「わぁ！　風が気持ちいい！　サリー見て！　魚が見えるわ」

「本当ですね～。私がクラティエ帝国に来たときは曇りだったので、こんなにお天気のいい船旅は気持ちがいいですね」

「そっか。サリーたちは来るときも船だったんだ」

今私たちは船に乗っている。以前父様を見送ったあの船だ。

あの時は父様ともアルフレッド兄様ともこれでお別れかとさみしい気持ちもしたけれど、アルフレッド兄様はそのままクラティエ帝国に残ってくれたし、父様が帰った後母様やメリンダも来てくれた。

サリーやルカ、ネイトもクラティエ帝国に来てくれて嬉しかった。

でも、今はもっと嬉しい。そして、ちょっとドキドキしている。

誘拐されかけて、家を出て４年。４年ぶりに家に帰っているからだ。

１週間ほど前、私は無事ナリス学園中等部を卒業した。

父様たちが反乱によってスキル狩りを収めてくれても私はクラティエ帝国に残った。スキル狩りが解決してもトリフォニア王国では進学が厳しいと思ってのことだ。

それに、スキル狩りから逃れるために来たはずの帝都が大好きになっていたということもある。

スキル狩りが解決してからもいろんなことがあった。

2学年になってSクラスになった私は、将来有望だと貴族たちから目を付けられるようになった。

ネイトがかなり警戒していたから何事もなかったが、ナリス学園の通学中に後をつけられたことは一度や二度ではない。

危機感を募らせたネイトは、私が転移を使えるようになるとすぐに真っ赤な紐のブレスレットを買ってきた。

町でお守りとして売っているものらしく、細い紐を編んだブレスレットの中に一粒だけ小さなクアルソが光っている。

この小さなクアルソに声を転移する魔法陣を付与できないかと言うのだ。

いつでも「助けて」とネイトを呼べるように。

付与自体はできたのだが、声を届けるには二つ揃いで必要だ。それで後日ネイトと私はネイト用のブレスレットを買いに行った。

いろんな色の紐で作られたお守りのブレスレットは、色別にご利益が違うようだ。

ネイトは数ある中から直感力アップと書かれた紫色のブレスレットを迷わず選んでいた。

ネイトは十分鋭いと思うのだが……。

図書室でジェイムス様と会ってからは、ジェイムス様は律儀にもよく私と一緒にいてくれるようになった。ジェイムス様は伯爵家なので、伯爵以下の人から私が絡まれないようにするためである。放課後ナオや私、デニスさんと図書室でともに勉強し、そのまま学園から近い私の家で私の専属たちも含めてみんなで夕食を食べる未来があるなんて思いもよらなかった。

1学年の時の私に教えてあげたい。

ユリウスさんの研究室では2年間研究した結果、いろんなことが分かった。

例えば、聖魔法、緑魔法だけでなく、身体強化もまた付与魔法だったこと。つまり、細胞やなんやかんやを活性させて体の機能を引き上げる魔法だったのだ。

それを病人、怪我人に使えば病や怪我が治癒し、植物に使えば成長を促進する。そして健康な筋肉に使えば……高くジャンプしたり、速く走れたりするようになるというわけだ。

付与魔法は、適切な素材に付与することで効果を引き出すが、ここでいう適切な素材というのは、私たちの体自体、植物自体であると私とユリウスさんは考えている。

つまり、効果的に病や怪我を治したければ、やみくもに回復をかけるのではなく、体の仕組みがどうなっているのかを知り、病の種類を知り、怪我の手当ての仕方を知ったうえで、最適な場所に魔法をかける。

植物を成長させたければ、その植物がどんな環境で成長するかを知り、その環境を整えることでより効果を引き出す。

そして速く走るならば……。聖魔法と同じく体のことを深く知り、どんな風に使えばいいか知ること。そして言うまでもないが、日ごろの鍛錬で鍛えられた体と運動不足の体では、前者の方がより効果を発揮する。素材の質がいいからだ。

その他にも、火、水、風、地以外の第五の属性があるとも考えている。

それは私が、何故かすんなり理解できた転移の魔法陣の中に描かれているマークが火、水、風、地とは全く違うマークだからだ。

ネイトが指摘したように転移がライブラリアンのスキルであり、今まで知らなかった第五の属性だと考えているのだ。

けれど、それ以上のことは何もわかっていない。

あれやこれやと仮説は飛び出したものの、この第五の属性に関しては全く資料もなく、机上の空論だ。

だから未だに私は自分のスキルのことをよくわからないでいる。

ただ、初級止まりと言われた私のライブラリアンのスキルも少しスキルアップした。火や水といった他の属性の中級の魔法はどう使っているかとユリウスさんに聞かれたのがきっかけだ。

私の魔法は、初級だろうと中級だろうとイメージだ。ならば、イメージでスキルアップできないかと思い、やってみたらできたというわけだ。

ライブラリアンは本が読めるだけだと思っていたから、本を読む以上のことをしようなんて思わなかった。もっと早く思いついていればと少し後悔した。

「本が読めるだけの無能」だと一番思っていたのは、私自身だったのかもしれない。

ちなみにどんなスキルアップだったかというと、最初は本に書き込みができるようになった。

ユリウスさんには地味だと言われたが、シャンギーラ語を勉強している時、単語の意味を書き込んだりできるのはすごく便利だった。

その次にできるようになったのは、本を探すこと。今までは読める本のタイトルがずらーっと並んでいるだけだった。

だから本を読むためには、一ページ一ページ目的の本に出合うまでめくっていかねばならなかったが、今は「植物の本」と意識すると、植物に関する本のタイトルだけが並ぶようになった。

私も成長した。

瑠璃のさえずりは少しずつ人を増やし、今はもう私やサリーが店に立つことはない。

ルカの靴事業も、もうルカの弟子になる人が何人もいてルカが直接顧客の許へ足のサイズを測りに行ったりすることはない。最近ルカは私の靴ばかり作っている。

専属だから当たり前と言えばそうなのだけれど。

ナオが率いるトルトゥリーナも順調そうだ。

つまり、学園は卒業し、お店は私や専属がいなくとも順調に回っている。


そういうわけで、卒業後一度ドレイト領に帰ることにしたのだ。

ともに帰るのは、サリー、ルカ、ネイト。

海を渡って帰国する今回の旅は、カラヴィン山脈の旅路が嘘のように速かった。

馬車から船へ、船から馬車へと乗り継いだのだから当たり前だが、驚きだ。

遠回りな上、カラヴィン山脈の時はロバと歩きだったなとイヴとアイリーンと歩いた旅路が懐かしくなる。

前回と違うのはそれだけではない。

トリフォニア王国側でも途中の町に寄れたこと。

どの町の市場も見回るのは楽しかった。屋台で売られている食べ物を食べ歩き、サリーと感想を言い合うのも。

特に港町はクラティエ帝国側も、トリフォニア王国側もにぎわっていて、両国の名産が売られているほか、物珍しいものもたくさん見た。

すごく……楽しかった。

私はライブラリアンだからたくさん本を読んでいる。

だから知識として知っていることは多いが、旅で出会う人から聞く話は私の知らないことばかりだし、本で読んでいても実際に見るのとでは全く違う。

町と町の間で魔物に襲われることもあったけれど、ウォービーズやスタンピードの時のような大事にはならず、ネイトがあっさり倒してくれた。

野営をするときもあった。

だが、カラヴィン山脈を旅していた間はずっと外だったから手慣れたものだ。

帝都に比べれば大分小さい門をくぐり、ドレイト領の領都に入る。

馬車から外の様子を覗くと真っ先に大きな建物が目に入った。

冒険者ギルド……兄様たちと登録に行ってキャタピスと戦闘することになったんだよね。

あの時は怖かったな。

あの頃はほとんど館の敷地内ばかりで、孤児院に行く以外に外へ出たことは数えるほどしかなくて、覚えている場所は少ない。

それでも馬車から見える町の雰囲気は、不思議とすごく懐かしい。

館についた。

馬車の戸が開くと、さらりとした銀髪の綺麗な男性がエスコートに手を出してくれた。

マリウス兄様だ……。

そう頭ではわかっているのに、びっくりして言葉が出ない。

15歳になったマリウス兄様は記憶よりもずっと大きく、大人の顔つきになっていたのだ。

驚いて、ぽかんとマリウス兄様の顔を見ながら馬車を降りる私に兄様は「転んでしまうよ」とクスクス笑いながら、エスコートしてくれた。

危ない足取りながら、ようやく下まで降りると、マリウス兄様がポンポンと頭をなでてくれる。

ドレイト領にいた頃よく兄様がこうして慰めたり、励ましてくれたりしてくれたのを思い出す。

「マリウス兄様……」

「テルミス、おかえり」

「おかえり」とそう言われたことが、嬉しくて我慢しようとしているのに、どんどん涙がせりあがってくる。

だめだ。まだ、泣いちゃダメ。

泣きそうなときは、泣くな、泣くなと思うのではなくて……。

ふっと息を吐き、にっこり笑う。

「はい！　お兄様、ただいま！」

そう答えたタイミングで、マリウス兄様の後ろから声がかかる。

「テルミスお嬢様！　おかえりなさいませ」

あまりにマリウス兄様が成長していたから、びっくりして兄様ばかり見ていたけれど、兄様の後ろには館で働く使用人たちがずらりと並んでお辞儀をしている。

あ、メリンダ、ジョセフもラッシュもいる……。

あれ？　家庭教師をしてくれていたゼポット様もソフィア夫人もいるし、我が家の騎士たちも勢ぞろいだ。

本当にみんなが迎えに出てきてくれたようだ。

そして、その中心にはベルン父様とマティス母様。

兄様にエスコートされたまま、みんなに一歩、また一歩と近づいていく。

「みんな……。ただいま戻りました！」

そう言えば、わぁっと歓声が上がり、真っ先に母様が駆け寄って抱きしめ、次いで父様も私を抱きしめて「よく帰ってきたね」と言ってくれた。

大歓迎を受けながら、館に入る。

一度荷物整理のために部屋に戻ると、そこは記憶にあった通り、あの日出て行ったままの部屋があった。

違うのは、デスクにラナンキュラスの花が飾ってあること。

まだラナンキュラスが咲くには少し早い季節だけれど、きっとジョセフが魔法で咲かせてくれたんだと思う。

私の好きな花だから。

何とはなしに部屋をぐるりと見まわす。この部屋で音読もした、刺繍《ししゅう》もした。

歴史や地理を学んだり、魔力感知や魔力操作の特訓をしたりもした。

魔力切れになって倒れたこともあった。メリンダは、その都度甘いチャイを淹れてくれたし、キャタピスと戦った日は悪夢を見てしまって、マリウス兄様は私が眠るまでついていてくれた。

普段は日々の忙しさに思い出すこともなかった思い出が、こうして戻ってくると鮮やかによみがえってくる。

やっと帰ってきたんだ。

私の家、家族のもとに。

あの日から変わらない部屋を見て、そう実感するともうダメで、さっきは押し留められた涙がぽろぽろと流れていった。

ドレイト領について半年。

「ふふふ。みんな頑張っているのね」

ナオからの手紙を読んで、自然と笑みがこぼれる。

ナオはトルトゥリーナ代表として働いている。バイロンさんにはよく相談に乗ってもらっているようで、手紙の文面から仲の良さが伝わってくる。

アルフレッド兄様はなんとヴィルフォード公爵の弟だったらしく、帝国騎士団ではめきめきと頭角を現す傍らお兄様のヴィルフォード公爵の補佐もしている。強くてかっこいい、公爵の弟というアルフレッド兄様は今帝都で一番と言っても過言でないほど噂の人になっているらしい。

私はというと、この半年孤児院でお話会をしたり、冒険者ギルド用に魔物図鑑を作ったり、市場でいろんな料理法を教えたりしていた。

ライブラリアンの本は、人には見せられない。だから役に立とうとすればこういう形しか思いつかなかった。いろんな場所へ行って、いろんな話を、知識を話すこと。それしか……。

コンコンとドアをノックする音が聞こえ、サリーとルカが来る。

今日は専属の3人に話があって来てもらった。

本題の前にナオの手紙にあった帝都の店の近況を話す。

ドレイトに帰ってきてまだ半年だというのに、もう懐かしい。

「それで？　お前はこれからどうすんだ？」

みんなの近況を聞いたネイトが聞く。

そう。今日集まってもらったのは、これからの話をするためだ。

私はこれからドレイトを発つ。

私のスキル、ライブラリアンについてはユリウスさんの研究室でもわからなかった。

けれど、思うのだ。この世界のどこかにはあるかもしれないと。

世界は私の知らないことだらけで、本を読むだけではわからない世界があって、だからこそ……

一歩踏み出せば見つかるかもしれないと思っている。

私のスキルのこと、いや違う。私の生き方が……。

だから専属たちとはここでお別れ。

サリーとルカはこのままドレイトでマティス母様と共に商会を盛り上げていってくれるだろう。

ここには帰る家だってあるのだから、きっと二人もそのつもりだ。

問題は、ネイト。

ネイトはあの誘拐事件を悔やんでいるから、きっと私についてくる。

だが、もうスキル狩りは解決した。もうネイトがあの誘拐事件に心を病む必要はない。

本当はスキル狩りが解決した後すぐに解放してあげなきゃいけなかった。

けれど、みんなと暮らす日々が楽しくて、どうしても言い出せなかった。

でも、もう言わなければ。罪悪感で縛りつけてはいけないのだから。

「そうね……いろんな場所へ行こうと思う。世界には私の知らないことがたくさんあって、私はそれを見て、知りたいの」

「わかった」

やはり護衛としてついていこうとするネイトの返答に嬉しくも、罪悪感が募る。

「それでね。だから、ネイト……これからは好きなことをして」

「は？　それ、どういう意味？」

「もうあの誘拐事件のことは気にしないで。すでに父様たちがスキル狩りを解決してくれたわ。もうライブラリアンだからと狙われることなんかない。それに、私だって強いのは知っているでしょう？　だから……もう……もう無理に、ついてこなくていいの。私なら大丈夫だから」

なんて声をかけるかは決めていたのに「ついてこなくていい」と言った心が苦しい。

なんだか落ち着かなくて、左の手首につけた赤いブレスレットを摑む。

「なんで、俺だけ……」

私の言葉を聞き、こぶしを硬く握ったネイトが最初はぽつりと、やがて怒ったように言う。

「サリーやルカはよくて、なんで俺は連れてってくれねーんだよ！」

「いや、サリーたちも来ないわよ。ねぇ？」

予想外の返答に驚きながら、斜め前に立つサリーに問えば「え？　私も連れて行ってもらえないんですか？」と驚いていた。

え？

みんな住み慣れたドレイトを離れることは嫌だっただろうと思っていた。

私がクラティエ帝国にいるから無理に来てくれたのだと思っていた。

混乱しながら、ルカの方を向けばルカは平然と「俺は行きますよ」と言う。

「俺らはお嬢様の専属です。お嬢様の傍におらず何が専属ですか」

「え？　でも、今回はお店なんてしないわよ。だから、無理しなくても……」

私の言葉を途中でルカが遮る。

「俺らは専属です。商会の者ではありません。プリンも靴も売らなくていいんです。俺がいなかったら誰がお嬢様の靴を仕立てるんです？」

「私も、お嬢様が食べたいものを作るのが私の仕事です」

え？　え？　と混乱しながら、サリーとルカを交互に見つめていると、ネイトが笑い出した。

「なんだ、そういうことか。お前は間違っているよ。誰も嫌々クラティエ帝国まで行ったわけじゃない。お前に付いて行きたくて行ったんだ」

どういう、こと？

私についてきたって、何もメリットなんてない……。

ネイトがブレスレットをぎゅっと握りしめた私の右手を取る。

目を合わせると、私よりも少し高い視線に、いつの間にか背を追い越されていることに気づく。

ネイトはそのまま私の両の手を取り、話し始める。

「確かに俺はあの誘拐事件の時、ちゃんとお前を守れなかったことを悔しく思っている。だけど、その理由だけで護衛になったわけじゃない。覚えているか？　お前が孤児院に来た時のこと。俺も含め、みんな棒切れもって走り回って遊んでいたのを」

もちろん覚えている。ネイトは私の本の読み聞かせより走り回っていた方が楽しそうで、だからみんなで楽しめるよう畑を作ったのだ。

本よりもずっととりかかりやすいかと思って。

「俺らが走って遊んでいたのは、それが楽しかったからだけど、それだけじゃないって気づいた。知らなかったんだ。物語の面白さも何かを育てる楽しさも。一生懸命努力する大切さも」

ネイトが言うには、私が来て本を読んだり、畑作りをするようになって走り回ること以外にも面白いことがあると知り、字を読めるよう練習したり、剣を習ったりすることで何かができるようになる達成感を知ったのだと。初めて知るいろいろな物事とそれに対する自分の感情。

知ってしまったら、何も知らなかった頃には戻れない。

「お前が孤児院に来てからずっと俺は楽しいんだ。離れていても友達なんていう奴もいるけどさ、俺は嫌だよ。面白いことは一緒に笑いてぇし、ムカつくことは一緒に怒りたい。だから護衛になったんだ。俺がお前についていくにはそれしか思いつかなかったから」

サリーやルカを見まわすと、二人ともうんうんと頷いている。

「じゃあ、みんなついてきてくれる……の？」

「当たり前だ。それにサリーとルカはいつでもどこでもついていけるように木型や調理器具などを、すでに一通り準備しているしな」

いつの間に！　ぱっとサリーとルカを見やれば、二人とも実に晴れやかに笑っていた。

なんだ……。ついてきてくれるのか。みんな一緒に……。

✴エピローグ

――3年後

「ここがドレイト領か」

帝都よりもずいぶん小さな門を通り抜け、町を見渡すと自然と口からついて出た。

村というほどではないがここは小さな町だ。

けれど、驚いた。

門を通る時は町に入る商人の数の多さに、門をくぐった後は人々の笑顔や笑い声に。町全体に活気がある。規模は小さいがこの活気は帝都にも劣らない。

もっと町を見たいと思い、馬車から降りる。

「ダニエルさん、ドレイト領は初めてだろう？　まずはオムライス食って、西通りの職人街で靴を仕立てるといいぜ」

そう教えてくれたのは、ここまで護衛してくれた冒険者だ。

おすすめを教えてくれた冒険者たちに感謝して別れ、歩いて町の中心へ向かっていく。

冒険者ギルドのあるこの道をまっすぐ進んだところにあるオベリスクが町の中心だそうだ。

この辺でひときわ大きな冒険者ギルドの前では、冒険者たちと町の住人と思われる女性が談笑していた。町によっては冒険者ギルドのあたりは暴れ者が多く、治安が悪かったりするのだが、この町はそうではないらしい。良い町だ。

オベリスクのある中央広場では、今日は何か特別な日のようで町の人らが輪になって手をつないで、見たこともない踊りを踊っている。物珍しく見ていたら俺も輪に入れられた。

同じ振付の繰り返しだからこそ俺も見様見真似で踊ることができた。1周、2周と踊り続け、音楽が鳴り終わると踊っていた人も、周りで見ていた人もみんながやんややんやの大歓声だ。

「はっはっはっ。ついて間もない町で何やってんだ俺」

いつの間にか笑っている自分に気がついた。やっぱりここに来てよかった。

きっとここならある。そう思ったんだ。俺が求めている何か。胸を熱くするような何かが。

お腹が空いて近くの食事処へ入れば、冒険者がおすすめしていたオムライスという食べ物があった。なんでもオムレツの中にトマト味の炒めた米が入っているそうだ。

米……というと、シャンギーラの？　俺も海街でチャーハンというのは食べたことがあるが、オムライスというのは初めてだ。

「お客さん、ドレイトは初めてかい？」と声をかけてきた店主によると、領主の娘がシャンギーラ好きで年に一度米を大量に仕入れているのだそうだ。最初は見慣れなかった米も今やドレイトの名物で、半年もすれば仕入れた米も底をつくのでオムライスは半年限定なのだとか。

「それに、この上にかかるトマトのソースもそのお嬢様が作ったものさ」

店主は自慢げに話す。店主のうんちくを聞きながらスプーンを口に運べば、今まで味わったことのない濃厚な味付けに驚いた。これは、美味い。

さらに驚いたのは、デザートにプリンが出てきたことだ。

プリンは俺でも知っている。帝都で大人気の高級菓子だ。

それがこんな平民も訪れる食事処で出てくるとは。

話し好きの店主はドレイト名物の自分にぴったりの靴や、さっきオベリスクで踊っていた踊りも領主の娘発案なのだと楽しそうに教えてくれた。

少し町を歩いただけで、こんなにも彼女を感じ胸が高鳴った。


オベリスクから北に歩を進めれば領主の館だ。

紹介状を見せ、門番に取り次いでもらい、中に入る。

彼女はいるのだろうか。学生時代に憧れていた彼女の家ということもあって、少し緊張する。

通された部屋で待っていたのは、次期領主のマリウス殿だった。ということは、彼女の兄にあたる人だ。

早速、給料や職務内容が話される。

「子供相手になりますが、大丈夫ですか」

俺はしがない男爵家。在学中の長期休みはいつも貴族の子供相手に家庭教師をしていた。孤児や平民を相手にしたことはないが、同じ子供だ。きっと大丈夫だろう。

マリウス殿は俺が貴族相手の家庭教師をしていたと聞いて少し心配そうに俺を見た。

どうも俺がこれから働く学校は俺の思うような授業をしていないそうで、その点を心配しているようだ。

「最後に聞きたいのですが、貴方はなぜうちに？　クラティエ帝国第四皇子イライアス殿下の紹介状があれば他にも選び放題だったのではないですか」

「憧れ……だったのです。学生の時から」

突然部屋に冷え冷えとする空気が充満する。

「テルミスを追いかけてということでしたか……」

しまった。絶対に言葉選びを間違った。

「ち、違います。いえ、違わないのですが、あの、恋愛的な意味ではなくてですね……。いや彼女は十分素敵だと思いますが、そうではなくて……」

焦って説明しようとすると、彼女に失礼な形になり、どんどんドツボにはまっていく。

よほど俺が焦っていたのが面白かったのか、マリウス殿がふき出され、部屋の冷気も雲散する。良かった。

「私が出会った時、テルミス嬢は平民としてナリス学園に通っていました。初めて彼女を知ったのは魔物討伐訓練の時です」

一息ついて話す。もう何年も前の記憶なのに、話し始めると鮮明に思い出される。

初めての魔物学の実習。討伐対象はウィプトスだった。急に反撃しだしたウィプトスに腰を抜かした奴、怪我した奴、ただ茫然と目の前の出来ごとを眺めていた奴。

誰もが動けないその時、一番小さな少女がいの一番に動き出した。怪我人の移動を指示し、一人一人真摯に処置をする姿に心打たれた。

俺が「聖女様」と言ってしまったことで心無い噂が流れた時もいつも凛として、噂など気にも留めていないようだった。

平民で初めてAクラスに上がり「不正だ」と糾弾された時だってそうだ。かっこよかった。

それに俺は知っている。彼女は成績優秀になるために勉強していたんじゃない。きっと新しいことを知るのが好きなんだと思う。

本を読んでいる姿を何度か見かけたが、周りの喧騒なんて聞こえないかのように、食い入るように本を読んでいた。

バカみたいと思われるかもしれないが、俺はそのまま彼女が本の中に入ってしまうんじゃないかとハラハラしたくらいだ。

そして、何より彼女の瞳が一段と輝いていて目が離せなかった。

いつだって何かに一生懸命で、楽しんでいる彼女の姿を見ているといつしかこう思うようになった。

彼女の世界はどんなに輝いているんだろうと。

そんな彼女のキラキラと輝く世界を俺も見てみたくて、彼女と出会ってから必死に勉強した。入学時はそこそこでいいと思っていたのに、卒業する頃にはAクラスになっていた。イライアス皇子の側近にも誘われた。でもどうしても彼女を追って努力していた学生時代が忘れられず、側近の話を蹴って、ここまで来てしまった。

だからやっぱり……彼女は俺の憧れなんだ。

必死に話していたら、何もかもマリウス殿に話してしまっていた。

けれど、マリウス殿は馬鹿にすることなく「わかりますよ」と言った。

「ダニエル殿は、妹の専属たちやこれから案内する学校の子たちと同じ顔をしていますから」

マリウス殿の話によれば、彼女は卒業後時々ドレイト領に帰りながら、各地を旅していたんだそうだ。けれど、旅で何を見たのか、1年前彼女は突然幼い子供向けの学校を作り始めた。

生きていくには、楽しい希望が必要だと言って。

「きっとダニエル殿がこの学校に馴染んだら、妹はまた旅に出ると思います。新しいことを知りたいというのはその通りなのでしょうが、それ以上に妹自身知りたいんだと思います。自分のスキルが一体なにものか」

そう語るマリウス殿は憂いを帯びた表情で、家族であるマリウス殿にとっては彼女が旅に出るのは寂しいことなのだろうと想像できた。なにせ、今だけでなく彼女は9歳の頃にはすでにクラティエ帝国にいたのだから。

彼女がここで暮らした日はあまりに短い。

マリウス殿がこの学校づくりに尽力しているのは、彼女の居場所を作る、そういう意図もありそうだ。町では、彼女が作ったというプリンや彼女の好物だというオムライスが売っていた。

もう一つの名物である靴やオベリスクで踊っていたあの踊りも彼女が関わっているという。

そうやって彼女に関する物を増やしていく。いつでも彼女が帰って来られる家であるために。

何度旅に出ても、帰ってくれば「懐かしい」と思えるように。帰るべき家だと思えるように。

俺の考えすぎかもしれないけれど、あながち外れでもないはずだ。

ちらりとマリウス殿の表情を見てそう確信した。


マリウス殿との面談後、職場になる学校に案内された。

案内された学校の校舎は、ナリス学園と比べるとかなりこぢんまりしたものだった。

だが、敷地はとても広い。敷地の外れには本格的な畑まである。

だだっ広い敷地の中央では、子供たちと先生と思われる女性が何やら話している。

「はいっ！　私、お姫様やりたい！」

「僕は姫君を守る騎士！」

俺とマリウス殿は少し離れたところで見ている。

「あれは?」

「あれは、物語の役になり切って演じているんですよ」

なんだ、それは。教育なのか?

「妹曰く、『他人の気持ちがわかるように、また逆に他人の気持ちはわからないと知るために』だそうですよ。まぁ、妹はそれ以上に楽しいからと言っていますけどね」

姫や、騎士、農民や動物にだってなり切って、演じるうちにその立場、立場で考え方が違うことを知る。そして本気で演じるうちに子供たちは疑問に思う。

この姫君なら本当はこんなこと言わないのではないか、本当にこの動物はこんなことを考えているのだろうか。違うなら本当の気持ちはどこだ、と。

それで、わからないなら知ろうとする努力が大事だと学ぶんだそうだ。

知ろうとする努力……か。彼女らしいな。

そして演劇をしている子供たちの目は、キラキラ輝いていた。

あぁ、この子たちもまた俺の憧れた世界を見ているのだろうか。

「驚きましたか？　もちろん普通に算術や文字の勉強もありますが、授業は他にも畑で野菜を育てたり、その育てた野菜を使って料理を作ったり、自分で物語を作ってみたり……。凡《およ》そ私たち貴族が受けたことのないような授業ばかりです。でも不思議なことに、子供たちは日に日に積極的に、いろんなことに取り組んでいるんですよ」

「そんな授業をするのは平民や孤児相手だからですか？」

ゆっくり首を振るマリウス殿。

「妹は孤児だから、平民だからとは考えていません。でも一つは子供たちが幼いからでしょうね。妹はこの学校のことは小さな学校、小学校って呼んでいますよ」

確かに。ナリス学園は大体みんな12歳から入学してくる。けれどここは……。7、8歳だろうか。

スキル鑑定をしたばかりのような幼い子が多い。

「将来高官になるように知識をつけることは目的としていません。新しいことを知るのは、頑張ることは、楽しいことだって教えたいんだそうです。楽しいことがいっぱいあると知っていれば成長しても大人になっても、ずっとずっと楽しいはずだからというのが妹の言い分です」

希望を抱かせるのが目的か……。

ややあってマリウス殿が再び口を開く。

「おそらく妹は信じているんです。物語の力を。何年もの時や何人もの人の手を経て集まった知識の力を」

目を輝かせ、吸い込まれるように本を読んでいた彼女を思い出す。

俺にもわかるだろうか。ここで、あの子たちと共に過ごせば、彼女の信じる本の力が。

彼女と同じ輝く目をしている生徒たちを見てそう思った。


子供たちを眺めながら話していたら、いつの間にか演劇の授業は終わっていたようだ。

「テルミス先生ー！　新しい先生が来たら今度はどこに行くの？」

「次はね、メルヒカに行ってみようと思うの！　本で読んだんだけどね、町ゆく人は赤、オレンジや黄色、緑やピンクのカラフルな服を着ていてね。こーんなに大きな帽子をかぶった音楽家がいるそうよ！」

俺が憧れた彼女は記憶よりずいぶん大人になっていたが、手ぶりでとても大きな帽子を示し、目

をキラキラさせながら話しているその様は、変わらず俺が憧れたキラキラ輝く世界に住んでいるようだった。

「メルヒカの次は絶対虹の渓谷だからな！」

「もちろん。私だって虹の渓谷に行きたいもの。でももうちょっと待って、ネイト。もう少し身体強化を自在に使えるようにならないと虹の渓谷まで登れないわ」

彼女の護衛も楽しそうに話す。

ここは……楽しいことに貪欲な人ばかりなのかもしれない。

そして俺も……。

故郷からずっと遠くのこのドレイトの地で何か新しいことが始まる、そんなワクワクした気持ちがずっと続くようなそんな気がしている。

俺は駆けだしてしまいたい気持ちを抑えて、一歩、また一歩彼らに近づいた。

冒険家ゴラーの物語

STORY OF ADVENTURER GOLAR

～流浪の冒険者～

親父と再会し、ウィスパとともにあの島へ帰ってもう30年。俺はもうすっかり転移を使いこなせるようになり、トリム王国各地を旅しながら、島や虹の谷、そして俺の実家を行ったり来たりしている。この30年で魔法もかなり上達し、今では大抵の魔法は使うことができる。

親父と再会してしばらくは、転移のおかげもあり週に1度は帰っていたが、親父は俺を見つけて心残りがなくなったのか再会から2年であの世へ行った。お袋も親父が亡くなった翌年、後を追うように亡くなった。

だから、今は半年に1度兄貴の家に顔を出す程度だ。

互いに大人になって再会した兄貴は驚くほど俺にそっくりだった。12年ぶりに会った親父が一目で俺に気づいたのも納得だ。

兄貴は俺が必要としている紙や金、衣服などを、俺がいつ帰ってきてもいいように準備している。

俺は空間魔法のついた鞄をあげている。

あの高性能な塔の中にあった鞄がそうだった。初めて見たので、あれこれといじっているうちに、なんとなくその鞄にかけてある魔法が分かった。

勉強せずともわかったのは、転移の時と同じだ。それで俺にも作れるかと試しに作ったらできたってわけだ。

だから兄貴にあげた。兄貴には何かと面倒をかけているからな。

兄貴は古代遺跡から発見した鞄だと言って売っているらしい。俺に大量に作らせようとする輩が出ないようにだろう。

兄貴はトリム王国に何店舗かある店と行商人たちの情報網を駆使して、俺に各地の植物の情報も届けてくれる。

そう。俺は30年経った今も植物の研究をし、新たな植物があればその地へ向かい、採取している。

最初はあの島で初めての植物に出合い、興味を惹かれて特徴を書き記しているばかりだったが、一冊の本が俺を変えた。

その本の名が『瘴気』。

あの島の、高性能で不思議な塔にあった本だ。

なんとなく惹かれるものがあり、手を伸ばしたその本には、瘴気、魔物の正体が書かれてあった。

『まず瘴気とは人の強い妬みや恨み、悲しみ、苦しみや憎悪など負の感情を起因に、それがその人の魔力とともに発せられると生まれる。

だが、小さな瘴気が発生してもその周りの魔素によって相殺されるため、個々人の感情をコントロールしなくても、世界が希望に満ち溢れていれば基本的には問題ない。

瘴気を相殺できる魔素は、この世界の生きとし生ける物から発せられる生きる力と魔力が合わさって生まれるものと一般的に言われているが、今回の研究で、それ以外にも人の希望や勇気、幸せといった前向きな正の感情からも生まれることがわかった。』

瘴気だとか魔素だとか……俺は今までそこにある物として認識はしているものの、それが何からできるのかなんて考えたことがなかった。

だが、瘴気が人間の負の感情から生まれるのは納得だ。魔物が多く出る地域は大抵治安が悪いからな。

そう思いながらページをめくり、息を吞んだ。

『基本的に魔物になるのは、虫など自我の弱い生き物ばかりだ。

というのも、魔物とは瘴気で魔力の源である聖杯が完全に染まった状態だからだ。

逆を言えば、魔物化さえしなければ回復の余地はある。

聖杯には自浄作用があるので魔物化する前であれば、瘴気の薄い場所に行けば聖杯を浄化できる。

聖杯の大きさ、強さは、魔力の強さ、自我の有無に起因するのは、皆が知るところだろう。

だからこそ、自我がなく、魔力も小さな虫から順に魔物化する。聖杯も小さいのですぐに染まり、自浄作用もさほどないからである。

そして、理論的には瘴気は生きとし生けるすべてのものに影響を与えるので、虫や獣よりも自我が強く、魔力も多い我々人間や、一説によると人知を超えると言われる竜だって魔物化する。

ただもうそれは災厄だ。古今東西、魔王や、邪竜が出てくる昔話がいくつかあるが、あれはおそらく人や竜が魔物化した時のことだと推測される』

転移した先で暴れていた濃い灰色のウィスパ。あの禍々しいオーラは瘴気を多く吸ったためで、つまり……。つまり、魔物化の一歩手前まで来ていた。

おそらく、この聖杯と呼んでいるのは、魔力感知の時に初めて感じたこの白い魔力が湧き出る器のようなもののことだろう。

それから俺は、あの島で植物を観察しながら、本を読み、ウィスパを観察した。

あれからも何度もウィスパは出かけていき、その度に灰色になって帰ってきた。

灰色の濃度はその時々で違うものの、出かけていく期間は年を経るごとに短くなり、白に戻り切る前に出ていくこともあった。

兄貴の話では、各地で戦争の噂が出ていたり、異端という名のもとにいくつかの集落へ攻め込みが行われたりしているらしい。

スキル鑑定を受けずに魔法を行使する人々を異端だと言っているのだ。

その話を聞いて、急ぎあの村に飛んだが、あの砦村も……もうもぬけの殻だった。

争った跡はあった。多分、そういうことだ。

そんな情勢であるから、人の強い妬みや恨み、悲しみ、苦しみや憎悪など負の感情が瘴気になるというのなら、今は瘴気発生率が高くても不思議じゃない。

そして、だからこそウィスパはこんなに短い期間で何度も出かけている。

ただ俺にはわからないことが一つある。

なぁ、ウィスパ。お前はずっとこの島にいれば邪竜にもなりかけることなく、苦しまず過ごせるんじゃないか。

俺にはウィスパが自ら瘴気を取り込んでいるように思えてならなかった。

俺はウィスパのために魔物を元に戻す植物がないかと探し始めた。

きっかけは兄貴が教えてくれた白サルヴィアの噂だった。東の森の奥に住む民は白いサルヴィアを魔物除けとして使っているというのだ。

早速現地へ行き、白サルヴィアを入手して実験した。魔獣には効かなかったが、魔虫程度には効果があった。

魔物に効く植物がある。その発見は俺にとって一筋の光だった。ウィスパを救うカギも植物にあるかもしれない。万が一ウィスパが邪竜になっても元に戻せる力がこの世界のどこかにある植物には秘められているかもしれない。

なんとなく植物を観察していた日々から、明確に何かを研究するように変わった出来事だった。

俺は兄貴の情報をもとに、西へ東へと旅をした。

なんとなく観察していた日々よりも、かなり詳しくなった。未だに魔物から元の姿に戻す植物は見つかっていないが、俺も随分植物に詳しくなった。いくつか薬を開発したこともある。

開発した薬は、兄貴の商会で売っており、最近ではゴラーの名前だけが独り歩きし、大冒険家などと呼ばれているらしい。

この植物探しには転移が役立っている。旅をしながら、これだけ多くの植物の観察ができたのは、どう考えても転移のおかげだ。

そんな暮らしを一年、また一年と繰り返す。どんなに探しても一度魔物になったものを戻す植物なんて見つからない。

諦めたくない気持ちと無理だという気持ちを行ったり来たりしながら俺の旅は続く。この頃になると、ウィスパに怒鳴ることも増えてきた。酒の量も増えた。だってそうだろう。ウィスパがあの島から出なければ、ウィスパが魔物になることだってないんだから。

だけどどんなに怒鳴っても、切々と言い聞かせてもウィスパは飛んでいく。そして、灰色になって苦しみながら戻ってくるのだ。

俺の手には負えないと飲んだくれる日もある。生活が破綻している自覚はあるが、仕方ない。もう30年だぞ。30年もの間友が突然魔物になるかもしれないと恐れながら暮らしていたら、こうなるのも仕方ねぇだろともう開き直っている。


今は大陸の最南端ウジュラという村に滞在している。ここで変なヘンブレスを見つけたからだ。ヘンブレスは、体を温め、風邪にも効くよく使う薬草だ。だがここのヘンブレスは普通とは色や大きさが違った。

少しかじってみればものすごい腹痛に襲われ、俺は意識を失った。

それで、倒れた俺を見つけたウジュラの人が村まで運んでくれたことをきっかけに、この村で厄介になっている。

ここはいいところだ。

村の人は気さくで、砦村に来たような懐かしさがあった。

俺は異端と言われぬよう魔法を使えることを隠しながら、ここでヘンブレスの研究をする。

ある時村の婆が言っていた。

「その草が変だというなら、レーネ山の影響さね」

レーネ山というのは、ウジュラの近くにある火山だ。

「なんでそう思うんだよ。婆」

「なに、簡単なことよ。自然の力は強い。ちっぽけな私ら人間には思いもよらん力がある。昔来た行商人も言うとった。カラヴィン山脈の向こう側にある鍾乳洞には、消える花があるってな」

鍾乳洞に花？　日の光の届かないあんな場所に咲く花なんてあるわけがない。

それに花が消えるってどういうことだ。

「婆、それ騙されてんじゃねぇの？」と言ったが、何故か婆は自信たっぷりだ。

「そうかもしれん。だが、あっても不思議じゃなかろ。自然は私らが生まれる何年、何百年、何千年前からあるんじゃ。私らが知らん力があっても不思議じゃなか。鍾乳洞でしか咲かない花。花びらだけでなく、茎も葉も真っ白で、鍾乳洞から持ち出すと不思議と消えてしまうんじゃと」

半信半疑で聞いていた俺の目が婆を見据える。

婆だって又聞きの情報だ。信憑性は低い。だけど、俺の勘が叫んでいた。

これだ！　と。

白サルヴィアにホルティナなど、白い植物は浄化の効能がある植物が多いのだ。

婆は鍾乳洞の場所を知らなかったので、早速兄貴の所に鍾乳洞の情報を集めてもらう。

情報が集まるまで少し時間がかかった。

その間俺はウジュラでヘンブレスを研究する傍ら、偶然本を読んでいるところを見られた村の坊主に文字を教えたり、本を読んでやったりするようになった。

ライブラリアンだとバレるともうここにはいられないので、一応坊主と俺の秘密だ。

坊主を見ていると俺がモノジアを見つけた頃を思い出す。目に映る全てがキラキラ輝いているようで……今の俺にはまぶしすぎる。

ようやく兄貴から情報が来たので、近くの町まで転移して向かう。

当たり前だが鍾乳洞内は暗い。本当にこんなところに花が咲いているのか?

火球《ファイアーボール》を出し、明かりをつけ前へ進む。奥は急だから危ないと町の人は言っていたが、未だに花が見つからないので、急な坂を上り奥へ奥へと進む。

坂を上った先には小さな滝があった。そしてその滝のふもとに、一輪。たった一輪だけ花が咲いていた。婆が言っていたように花も葉も茎も、すべてが白い花だ。

あった。本当に……あった。

俺はすかさずスケッチする。たった一輪しかないので緑魔法で増やそうとするが、まったく増えない。この花は魔法では成長しない特別な花なのかもしれない。

これはウィスパを救えるかもしれない唯一の花。だから絶対に無駄にできない。

俺は花びらを2枚だけ採取し、空間魔法付きの鞄に入れた。

誰かが不用意に花を外に出さないよう坂の上に地魔法で壁を作る。これであそこに行けるのは転移が使える俺だけだ。

村に帰り、スケッチした花の絵を見ながら考える。

たった2枚の花弁のために軽々しく実験はできないが、婆が言っていたことと自分の仮説をスケッチの横に書く。

新種の植物なので、名前も付けた。古代語で「希望《エスペランサ》」という名だ。

エスペランサのメモをその他の植物の研究をまとめた帳面に挟み込む。ちゃんと実験して何かがわかったら、ちゃんと帳面に綴じこもうと思う。

何十年と研究していたから帳面もすごい厚さになっていた。

ライブラリアンで読んでいた植物図鑑よりも詳しい。

『植物大全　ゴラム・ロイド』帳面の表紙にタイトルをつけた。

名前は、家を出た時に捨てた本当の名前だ。俺が、一匹狼の冒険家ゴラーではなく、親父とお袋の息子で、兄貴たちの弟のゴラム・ロイドが生きていた証を作りたかったのかもしれない。

ウジュラの村ではヘンブレスの研究を続けつつ、エスペランサの花びら1枚使って浄化の効果がある結界をかけキャタピス相手に使ってみた。

体長150センチメートルもあるキャタピスがふんわり光に包まれ、みるみるうちに小さな芋虫に変わった。

よかった！　成功だ。

想像通りエスペランサなら完全に魔物になった後でも、瘴気だけを浄化できるようだ。

これで、ウィスパも救える。

あとは、あの花がもっと増えてくれさえすればウィスパは大丈夫だ。

何十年もかけた研究が完成し、ウィスパを救う道筋も見え、俺は浮かれた。

だが、人生そんなうまくいくわけねぇんだ。

それから時を置かず、俺は人々を襲う黒のウィスパを見ることになる。

まだ花は増えていない。今ここで一輪もなくしてしまえばここで邪竜から白いウィスパに戻せたとしても、次はない。

あの花は希望なんだ。絶対に絶えさせてはいけない。

それにこの村は砦村がない今、俺の第二の故郷のようなものだ。坊主だっている。

研究用に採取した1枚の花びらを握りしめ覚悟を決める。

まずは村に結界を張って、その後ウィスパの所まで転移してエスペランサを使うのがいいだろう。

ここは……俺が、絶対に、止める。絶対に。

そう心に決めて、俺は一歩、また一歩黒いウィスパに近づくのだった。

これが二人目のライブラリアン　ゴラーの物語。

✴

幼いころ、まだ私がエルフの里で暮らしていた頃。
何かに、誰かに呼ばれたような……そんな気がして夜中に目が覚めた。
暗闇の中耳を澄ますが、やはり誰もかれもが寝ているようでしんと静まり返っている。
一度目覚めれば、なかなか寝付けず窓から夜空を見上げた。
この日は満月。月明りで幾分明るい夜空。きらりと一筋の星が流れていく。
「あ、流れ星」
人間の町で薬師をしている姉さんが言っていた。
人は星が流れると願いを唱えるのだと。流れる星が、その願いを叶えてくれるから。
私の願いは、なんだろう……？
何がしたいのか、何が欲しいのかなんてわからない。
けれど、ずっとずっと心が叫んでいる。
会いたい。触れたい。何かわからないけれど、心が躍るような何かに。

エルフの里は、穏やかだ。
晴れの日は、ポカポカ暖かい草の上に寝転がって、語り継がれる物語を聞く。
雨の日は、ぽつりぽつりと歌いながら、雨音とセッションする。

風の日は、ふわりふわりとスカートをはためかせて踊る。

穏やかな幸せが永遠に続く里。

だから里から出るエルフはほとんどいない。

人の世は、殺伐としていて、怖いことも、むなしいことも、嫌なこともたくさんあるから。

でも私はなぜか心惹かれる。姉さんが話す人の話に。

晴れの日も雨の日も、風の日も、雪の日さえも働く人の暮らしに。守りたい大事なもののために武器を取る人の心に。どこを見渡しても美しく幸せな世界より、泥臭くて汚い中に輝く物の方がきれいに見えるのはなぜだろう。


再び月夜に何かが流れていく。

急いで願いごとを唱えた私が見たのは、流れ星ではなく、大きな白銀の竜だった。

どくん。

心が跳ねた。

この幸せで変わらない穏やかな世界が変わる、そんな予感がした。

真っ暗な夜はまだ怖くて、朝日が昇ると同時に里を出た。

まだいるかな。

はぁっ、はぁっ。

里の中は穏やかで、時間に追われることもない。だからこんなに全速力で走ったことなんてなくて、すぐに息が切れる、足がもつれる。

お願い。まだそこにいて。

そう願いながら、転んでは立ち上がり、息切れして立ち止まってはまた走り出す。

里を走り降り、ようやく虹の谷の底に着いた。

竜はいなかった。怖くても頑張って夜中のうちに来ればよかったと後悔したその時、人間の男が一人いるのに気がついた。

きっと竜に乗ってきたんだ！　訳もなくそう思った。

「ねぇ！　あなたなんでしょ？　昨日竜に乗っていたのは」と声をかけると、男はバツの悪そうな顔をした。

それでも声をかければ返してくれ、お腹が鳴れば見たこともない黄色くて甘い果物をくれた。

その日は結局竜には会えずじまいだったが、あれから男は何度も竜を連れて虹の谷まで来てくれた。

竜とはすぐに仲良くなった。

だが、男と竜は突然来なくなった。待てども、待てども来なかった。

同じ時、人間の里で暮らす姉さんから邪竜の話を聞いた。

悪い予感しかなかった。

「なぁ、ウィスパの友達になってくれねぇか」

いつか男が言った言葉だ。「もちろんよ」と胸を張って答えた。

いつもおじさんと呼んでいたので男の名前は分からない。

ウィスパもおじさんも私の友達だ。私に何ができるかなんてわからないけれど、困ったことになっているなら、私が助ける。そう思い、慣れ親しんだエルフの里を出た。

おじさんの名前くらい聞いておくんだったと後悔したのは、里を出てすぐのこと。

そして……。

「テルー頑張って！　虹の谷はもうすぐよ」

「イヴ……。はぁっ、はぁっ。無理、です。なんだか頭が重くて気持ち悪くなってきました」

「あら……。それじゃ今日はここまでね。高山病は聖魔法も効かないから、本当に安静にするのよ！　間違っても騎士に追いかけられている誰かを助けに行っちゃダメだからね。あ・ん・せ・い・よ！　ネイト、ちゃんと見張っていて。テルーはすぐ無茶するから」

今私は、妹分のテルーとその専属たちと久しぶりに虹の谷へ行っている。

２００年捜している竜はまだ見つからない。

だけど、テルーと出会って再び一緒に旅をして、２００年捜しても会えなかった竜にもうすぐ会えるような気がしている。

妹分のテルーは、頑張り屋だ。最低のスキルだと言われても、スキル狩りで狙われても、貴族ばかりの学園で貴族から目をつけられても、どんな状況になっても前を向いて頑張る素敵な子。

いつも自分だけの本を読んで、何とか道を切り開いていく子。

あの本は私には読めない。けれどあの中には、きっと何かあるんだと思う。自分を見失わないための何か。周りがどうなっていても前に進める羅針盤のような力がある何かが。

それにテルーといるとなんだかあの夜のような胸の高鳴りを感じるの。

おじさんとウィスパを初めて見た時のような。

ウィスパ。

もうすぐ見つけるから待っていてね。

今度会ったときは、会わせたい人がいるのよ。私の妹。

可愛い女の子なんだけどね、どこかあのおじさんに似ている気がするんだ。

おじさんと一緒で自分だけの本を持つあの子。

ウィスパもきっと気に入るわ。

だから絶対待っていてね。

あとがき

読者の皆様、お久しぶりです。南の月です。

もう既に読み終わった方はご存じの通り、今回の3巻で書籍でのテルミスの物語は一区切りとなります。ここまでテルミスの物語を追いかけてくださり、ありがとうございました。

ライブラリアンは「小説家になろう」で書き始めたWEB発の小説ですが、この3巻ではWEBとは少しずつ世界が分岐し、違う結末になっています。WEBでは教会がなんだか怪しく、竜も出現していません。書籍では明かされなかった第五の属性についても明らかになります。実は、物語の書き出しもWEBと書籍では違うシーンなので、結末が変わるのは必然だったのかもしれません。

さて、今回はテルミスの本が読めるというスキルについて話をしようと思います。

ライブラリアンはファンタジー小説です。

ファンタジーならではの魔法、エルフや竜も出てきます。けれど、その中でリアルにしたいなと思っていた部分があります。それが、ライブラリアンのスキルです。

だから、外国の本を読むには事前に言語習得が必要で、魔法の本も読むだけではなく、実践、練習しなければ身につかないようにしました。現代社会に生きる私たちの周りには、テルミス以上に本が溢れていますが、読んだだけで何かができるようになることはないからです。

絵本や娯楽小説もタイトルを読むだけで楽しい気分が味わえるわけではありません。読んで、何かを感じて、やっと楽しいと思うものです。だから時間がなければ当然読むことはできませんし、気持ちに余裕がなければ面白いと思えないかもしれません。ですから、テルミスがまだ幼かった1巻では物語を楽しんでいましたが、学生になり忙しくなると勉強の本ばかり。魔法の世界でリアルなスキルを！　という作者の意図のせいでテルミスには随分大変な思いをさせてしまいました。


前世を思い出し、漫画の主人公みたいなキラキラした世界に憧れて始まったテルミスの物語。テルミスは気づいていませんが、後悔しないように頑張ろうと努力を始めた時点でテルミスはキラキラ輝く立派な主人公です。書籍ではHIROKAZUさんのイラストによって、私の文章では表現しきれない輝きが加わり、本当に素敵な本になりました。

そんな素敵な本を作ることができたのも、１００万を超える作品の中からライブラリアンを見つけ、ここまで導いてくださった編集の結城さん、つい目を留めてしまうような魅力的なテルミスを描いてくださったHIROKAZUさん、本書に携わってくださった皆様、そしてもちろん応援してくださった読者の皆様のおかげです。ありがとうございます。

最後にいつも私を新しい世界に連れて行ってくれる夫にも特大の感謝を。

またいつかどこかで読者の皆様と会えることを願って。

南の月

EARTH STAR LUNA

ライブラリアン③
本が読めるだけのスキルは無能ですか!?

発行 ―――――――――――― 2024年7月1日　初版第1刷発行

著者 ―――――――――――― 南の月

イラストレーター ――――― HIROKAZU

装丁デザイン ――――――― 石田隆（ムシカゴグラフィクス）

発行者 ―――――――――― 幕内和博

編集 ―――――――――――― 結城智史

発行所 ―――――――――― 株式会社アース・スター エンターテイメント
〒141-0021　東京都品川区上大崎 3-1-1
目黒セントラルスクエア　7F
TEL：03-5561-7630
FAX：03-5561-7632

印刷・製本 ――――――――― 中央精版印刷株式会社

ISBN 978-4-8030-1969-8